Fritz Muliar - War's wirklich so schlimm?

Fritz Muliar

War's wirklich so schlimm?

Erinnerungen

Ein Bekenntnis

EDITION VABENE

Die Deutsche Bibliothek - CIP-Einheitsaufnahme

Muliar, Fritz
War's wirklich so schlimm?
Erinnerungen / Ein Bekenntnis

Wien-Klosterneuburg, EDITION VA BENE, 1994
ISBN 3-85167-027-2

Umschlaggestaltung: Traute Molik, Wien
unter Verwendung eines Fotos von
Fritz Muliar, © Axel Zeininger
Repro: Repro 14, Wien
Satz: Mag. Franz C. Stadler
Druck und Bindung: Wiener Verlag, Himberg

Printed in Austria

ISBN 3-85167-027-2

INHALT

(K)EIN VORWORT?

Dieses Buch ist natürlich kein Buch, sondern eine Sammlung von Gedanken, G'schichterln, Erzählungen - ein paar aufgeschriebene Erinnerungen und Ideen.

Als der Verleger meinte, ein 75. Geburtstag wäre Anlaß für eine Abrechnung, einen Rundumschlag - da habe ich ihn sicherlich enttäuscht, als ich ihm sagte, daß ich so etwas nicht tun möchte. Abrechnen mit wem? Mit mir selber? Mit dem Schicksal? Mit denen, die mir weh getan haben? Das will ich nicht, denn wenn ich mich gekränkt, geärgert, aufgeregt habe, so ist das meine Sache und meist schon wieder vergessen. *So schlimm war's doch gar nicht* - red' ich mir ein und verdräng' es, wenn ich es schon nicht vergessen kann. Nachtragend wie ich bin! Ich weiß, das ist ein Fehler, aber ich bin halt einmal so. Vergeben, ja sogar verzeihen, aber niemals vergessen! Das gilt auch für mein Leben.

Andererseits: Vielleicht kann ich erklären, warum ich manches getan, manches unterlassen habe. Vielleicht kann ich begreifbar machen, warum ich so oder so gehandelt habe, handeln mußte. Vielleicht kann ich beweisen, daß ich nie jemandem schaden wollte, daß ich nie jemanden gehaßt habe. Nicht gemocht, verachtet, abgelehnt - das ja - aber das haben viele mit mir auch gemacht, tun es bis heute, werden es weiter tun. Ich weiß das, es kränkt mich, aber - so schlimm ist das auch wieder nicht.

Ich bin traurig darüber, daß ich mich nicht besser ausdrücken kann, und hoffe, daß meine Gedanken, Argumente und Bekenntnisse der Wortbrillanz nicht bedürfen, um angenommen zu werden. Ich habe einiges erreicht in diesen 75 Jahren, einiges gründlich verpatzt. Ersteres macht mich stolz, zweiteres wurmt mich gewaltig. Aber ich bild' mir was drauf ein, daß es nur weniges gibt, wofür ich mich - öffentlich! - schämen muß. Ich war und bin kein Engel, das weiß ich, dazu hat es nicht gereicht - zum Gegenteil, Gott sei Dank, auch nicht.

Lesen Sie also - nicht zu oberflächlich, aber auch nicht zwischen den Zeilen. Lesen Sie und Sie werden merken: Da wird aus einem Leben erzählt, das auch Ihres hätte sein können. Nix Besonderes, aber auch nix Langweiliges. So manches, das mich oft an den Rand der Verzweiflung getrieben hat, von dem man aber - wenn man's überlebt hat - sagen konnte: *So schlimm war's gar nicht.*

RUND UMS JAHR

Fasching (1990)

Felix Austria! Überall krachen die Geschütze, bei uns knallen die Sektflaschenkorken. Ein Volk spült sich das schlechte Gewissen aus dem Blut, Brummschädel hindern am klaren Denken, wir verschieben Entscheidungen, verstecken uns hinter Anonymität und bringen unseren Zorn zu Papier, um nicht darüber reden zu müssen. Das ist nicht Feigheit (wie die Anonymität eines Würschtls aus Hallein, das mir ein saudummes Schreiben zukommen ließ), das ist eine Nationaleigenschaft. Da gibt es keinen Unterschied zwischen Ost- und Westösterreich. „Wann i, verstehst, was z'reden hätt', i schaffert alles ab", meinte der ost-„märkische" Dichter Josef Weinheber - viele seiner west-österreichischen Kollegen schrieben und schreiben mit anderen Worten das Gleiche.

Also verschieben wir wieder einmal ein klares „Ja" oder ein klares „Nein", bleiben wir beim guten alten k. u. k. „Vielleicht" und dem republikanischen „Aber sicher!" (Wenn nix dazwischen kommt.)

Ich bedauere sehr, daß heute kein Roda Roda, kein Peter Altenberg, kein Anton Kuh lebt und schreibt. Die Zeitläufe und unsere Reaktionen auf sie wären ein Fressen für diese eminenten Kenner der österreichischen Seele. Sozusagen Ringel in

Humor verpackt. Und alles, was die da schreiben würden, wäre verständlich und - lachen Sie nicht - in gutem und verständlichem Deutsch geschrieben. Kein „ich komme auf Sie zu", „ich hinterfrage vor Ort", kein dufte, doof und super, keine „tolle" Direktion, keine „Schreckschraube" und kein Tschüüüs! Eher ein verständlicher Pallawatsch, ein „Wirbel" statt fremdartigem „Stunk". Niemand will „sauer sein", wenn er „verärgert" sein soll. Nicht einmal die Leser der fad-weiß-blonden Literaturkritikasterin, die reich an Ranickis durch teutsche Lande lispelt und dadurch, bei aller Klugheit, nicht nur dem österreichischen Fremdenverkehr schadet. Verdrängen also? Vom Winterschlaf schnurstracks in die Frühjahrsmüdigkeit fallen? Schön wär's, aber spielen lassen sie's uns net. Noch ist nicht aller Tage (Fassl)Abend, aber die Neutralität wird denunziert, gekippt und nicht nachbesetzt. WEU - das kann frühestens '95 passieren, also entsteht ein Vakuum, vor dem ich mich fürchte und in das das H. J.-Bübl hineinzustoßen versuchen wird, auch wenn ihm der neue FDP-Vormann Kinkel eine aufs Happel gehaut hat. Er wird weiterwüten und auch seine kluge Stellvertreterin. Scheibner für Scheibner demontieren. Verwunderlich, daß sie nicht schon heute den Hut draufhaut und dem Bärentaler „Tschuschen"-Beschäftiger den Fehdehandschuh hinwirft.

Verdrängen! Faschingsnarren toben durch die nächtliche Gasse, Schloßbergritter und der gar nicht immer liebe Augustin mainzern durch Österreich ... - Verdrängen!? Bitte ja!! Es ist ja so angenehm, alles vor sich her zu schieben und die Äugerln beschwörend nach oben zu drehen.

Fasching! Die Philharmoniker haben ein Fest zelebriert, der Opernball, fest in der Hand der Industrie, ist keine Demonstration mehr wert, aber erregt halt immer noch die Gemüter. Lady gegen Direktor im Verbalkampf, den man verdrängen sollte. Wenigstens aus den Spalten der Presse und vom Bildschirm.

Fasching ist's trotzdem, das weiß sogar der irakische Saddam. Er zieht seine Show ab, daß es nur so pascht, die Amis reagieren und er - bleibt! Inzwischen frieren 400 Menschen im Niemandsland zwischen dem Libanon und Israel, das mit der Deportation nicht nur unmenschlich, sondern auch politisch äußerst unklug gehandelt hat, aber die Welt schaut so gespannt auf die Sidesteps der Herren Karadzic, Milosevic und Co., daß eigentlich alles andere zum Maskenball der Weltgeschichte wird. Im Krisenfall zum Lumpenball, aber das wird eben - verdrängt. Ich ersehne den diesjährigen Aschermittwoch, der Tag, an dem das Carne vale zu Ende ist.

Und sonst?

Aber was!

Das verdrängen wir eben.

März (1993)

Ich war nicht baden in Baden-Baden, aber ich bin dort unter blühenden Bäumen gewandelt. Blühende Wiesen im März, Krokusse und Märzenbecher, knallgelbe Sträucher und knospende Magnolien. Über dem Europäischen Hof die rotweißrote Fahne - Österreichische Kulturwoche. Servus Wien. Johanna von Koczian, Ernst Stankovski, Waltraut Haas, Erwin Strahl, Felix Dvorak und ich. Es war erfolgreich! Noch erfolgreicher war mein Abstecher nach Straßburg und in das elsässische Wantzenau. La Wantzenau - genauer gesagt -, dort ist ein Gasthaus, das sich „a la barrière“ nennt. Ein Tempel für Saucenliebhauber. Zum Niederknien und Tränenvergießen. Mit dem Flugzeug aus Frankfurt nach Wien zurück - wieder Tränenvergießen, aber aus anderen Gründen.

Wahlen in Tirol, Kärnten und Salzburg, und schwere Verluste der SPÖ. Zum Haarausreißen. Nein, das hat sich der Franz nicht verdient. Aber die Populisten, die keine Verantwortung im Bund tragen müssen, heizen die Anti-EU-Stimmung an und hetzen die Leut' gegen die Regierungskoalition auf. Ich hoffe, daß dadurch die Regierungspartner enger zusammenrücken und den Bürscherln die Zähne zeigen werden. Zeit wär's, daß alle Gutwilligen erkennen, daß auf der anderen Seite des Grabens Leute stehen, die unbelehrbar und vergangenheitsbelastet sind. Wer denen noch Lernfähigkeit attestiert, muß zu lange in der Sonne gestanden sein. Auch wenn er sich nur aus Gnade als väterlicher Freund bezeichnen und mißbrauchen läßt. Wir haben schwere Entscheidungen vor uns, wir müssen die unterstützen, von denen wir wissen, daß sie die richtigen treffen werden.

In Deutschland (Niedersachsen) dreht sich der Wind bereits, in Frankreich beginnen die Menschen über ihren Rechtsschwenk schon nachzudenken. Österreichs Arbeiter und Pensionisten sollten ihrem Beispiel folgen. An den 13. Mai ist zu erinnern. Er war nie ein gutes Datum für unser Land. Weder 1938 noch 1994. Aber ich will nicht als Ratgeber erscheinen, höchstens als einer, der manch Unverwindliches nicht vergessen kann und will.

Ja, eins noch zum Schluß: Ich war in Frankreich - im Elsaß diesmal-, wo man mit größter Selbstverständlichkeit zwei Sprachen vermischt und als eine solche spricht. „Bonjour Madame, wie geht's? Prenez un bonbon, s' macht net dick, je vous jure." Das find' ich nett, auch wenn der Ort, in dem ich das gehört habe, sage und schreibe Orschwiller heißt. Vous comprenez? Dann ist's güet et bon.

Mailüfterl

Der Mai ist gekommen, und nicht nur die Bäume schlagen aus! Besonders bei Jugendlichen zeigen sich Wimmerln und Hautunreinheiten im Mai besonders oft, aber wundert Sie das? Mich nicht - bei all dem Fast-Food-Fressen (die drei großen F unserer Zeit haben Filzpatschen, Fernsehen und Flaschenbier abgelöst), das angeboten und auch verschlungen wird. Big Mac, Big Schmeck, Big - aber das darf man nicht schreiben, sonst klagt einen so ein Multi, und wer kann sich mit denen hinstellen und prozessieren, haben die doch mehr Geld als wir alle miteinander und dadurch den längeren Atem! Auch vor Gericht.

Ich will aber nicht von Wimmerln reden, obwohl das recht interessant wäre. Ist Ihnen aufgefallen, daß das Wort Wimmerl keine Verkleinerung ist? Hans Weigel hat mich seinerzeit aufmerksam gemacht, daß es wohl ein Wimmerl gibt, aber kein Wim! Anders als bei Rausch und Räuscherl, Stück und Stückerl, gibt es ja auch kein Buss, sondern nur ein Busserl, dafür aber nur einen Autobus und kein ..., ja, da kann man stundenlang drum herumreden, drüber nachdenken und schreiben.

Aber es ist Mai, und wen interessieren schon die längst vernachlässigten Sprachgewohnheiten unserer Republik oder gar die Wimmerln der Herren Buben und Damen Mädln, die sowieso überwunden sein werden, wenn besagte Mitbürgerinnen und Mitburschen den Mai richtig nützen.

Unsere Jugend, die von uns „Betagten" meistens falsch eingeschätzt wird, sieht die Welt anders als wir, aber wer sagt, daß unsere Weltsicht die richtige war? Nur - schön war sie, besonders im Mai! Schon als 12jähriger durfte ich mit meinem geliebten Lehrer Leo Lehner im Mai zur Baumblüte in die Wachau fahren und beim Richard Löwenherz in Dürnstein ein Kracherl trinken. Dann die Maitage im Prater mit Aufmarsch, Blumenkorso und Firmungen! Mai - linde Lüfte, Fliedergeruch und Kastanienblust. Alfred Polgar schreibt: In Wien blühen die Kastanien in den Farben der Stadt, rotweiß.

Heute noch schwelge ich in Erinnerungen und gehe auf ihren Spuren. Tun Sie das auch. Machen Sie einen Maispaziergang - in Graz so um den Hilmteich herum, in Salzburg im Mirabellgarten, in Bregenz am Seeufer entlang, in Innsbruck - also, ich bin da immer nach Hall gefahren, nach Absam gegangen und dann zum Gnadenwald hinauf - heute, nein, heute derschnauf' ich's nimmer. Aber Sie doch sicher, was? Ich werd' mit meinem Hund in die Lobau gehen - die Schneeglöckerln sind vorbei, die Osterprimeln ebenso, aber es blüht und grünt unterm braunen Laub, das riecht man, das hört man sogar, wenn man nur genau hineinlauscht in die Natur, in den Mai! Probieren Sie's! Und abends dann lesen Sie ein gutes Buch - die neuen Gedichte von Hans Werner Sokop, die Gedanken von Hugo Schanovsky - österreichische Autoren, denen man (noch) zuwenig Aufmerksamkeit schenkt. Sagen Sie, gnä' Frau, oder Sie, Herr „Senior" - möchten Sie noch einmal ganz jung sein? Ich nicht - außer, ja, außer halt hin und wieder im Mai. Flieder riechen gehen, das erste Gefrorene schlecken - mit einer G'stopften prahlen, den neuen Hut vor einer Dame lüften und dieses Gefühl spüren, das sich so vom Herz bis zu den Knien ausbreitete, wenn „sie" angetrippelt kam. Neulich habe ich so eine Angetrippelte wieder gesehen - also, schöner ist die auch nicht geworden. Ich weiß, was Sie sagen werden: „Sie auch nicht." Recht haben Sie, aber bei sich selber sieht man das nicht mit so erschütternder Deutlichkeit. Man sieht sich halt zu oft - jeden Tag, allein schon beim Rasieren, die Damen beim Föhnen, beim Kampeln und beim Augenbrauenzupfen. Schön ist das, daß die meisten von uns noch immer eitel sind und damit ihre Lebensbejahung beweisen. Besonders im Mai.

Ferien

Sommer - Urlaubszeit - Ferien - Stillung des Fernwehs. Verstopfte Autobahnen, Autoreisezüge, die Menschen als Luftfracht, Massenansturm auf Urlaubsziele in den wettersicheren Ländern, überfüllte Badestrände, verdreckte Meere - Urlaub eben.

Da räkelt sich's, da lagert es ölbeschmiert - Faktor 80 -, da schwitzt es heraus, was es am Vorabend in sich hineingegossen hat - das Urlaubsvolk, längst als Wirtschaftsmotor erkannt, als solches benutzt. Nur Wissende bleiben im Lande, waldvierteln, salzburgeln und steiermärkeln, wie ihre Väter, Groß- und - nein, die Urgroßväter gingen noch nicht „auf Urlaub". Da war die Arbeitszeit noch nicht geregelt, die Geschäfte waren den ganzen Samstag geöffnet und Sonntag - nach der Messe - hatte das Personal zur Verfügung zu stehen. Mein Großvater lebte noch so - eine Landpartie war für „die Leut'" das Höchste.

Unsere Zeitgenossen, die ewig unzufriedenen, die nicht begreifen wollen, wie gut es ihnen geht, leben heute so, wie es sich vor 60 oder 70 Jahren nur Fabrikanten und noch G'stopftere leisten konnten. Aber Dankbarkeit ist keine politische Kategorie, sagte schon der weise Bruno Kreisky, der „das Volk" besser kannte als irgendein Völkischer.

Ich erinnere mich noch ganz deutlich an meine Kinderferien. Mutter immer mit mir und dem Herrn Sonnenstein mit seinen zwei Buam. Walter und Erich hießen die Rangen, von denen einer noch lebt, der andere in fremder Erde der Auferstehung entgegenverwest. Zuerst ein paar Jahre für je 14 Tage Grado (wofür ein ganzes Jahr gespart wurde), dann das weitaus billigere Crikvenica an der dalmatischen „Riviera". Abbazia (ja, so hieß das damals noch) war für unseresgleichen unerschwinglich. Das verschlang so viel Geld, daß wir den Rest des Sommers für 100 Schilling Miete beim Dedovic in Sulz-Stangau verbrachten. 1 Zimmer, 1 Kammerl, gemeinsame Küche mit den Vermietern, Großmutter, Mami und ich, Papa und Großvater kamen Samstag mit dem Zug über Kaltenleutgeben und zu Fuß über die Sulzer Höhe zu uns. Wo die geschlafen haben, weiß ich bis heute nicht. Manche

Sommermonate verbrachten wir in Zelking, Niederösterreich, zwei oder drei bei einem Bauern in Neuhaus an der Triesting.

Das war vor der Zeit, als das „D'Orange“ und das „Stefanie“ noch Luxushotels waren und wir uns dort nicht einmal ein Stanitzel Gefrorenes kaufen konnten. Heute sind diese Häuser Flüchtlingsquartiere und machen nur den tüchtigen Besitzern Freude. Ich hätte gern in der Zeit gelebt, in der Arthur Schnitzler sein „Weites Land“ angesiedelt hat. Aber was hätte unsereins davon gehabt? Ballschani auf dem Tennisplatz hätte er sein können, mehr nicht.

Die Zeiten haben sich geändert. Aus *dem* Urlaub sind *die* Urlaube geworden. Sommer-, Winter-, Weihnachts- und Krankenurlaub. Da eine Kur, dort ein verlängertes Wochenende, eine Woche zwischendurch, ein Schiffsurlaub die türkisch-griechische Küste entlang. Oft frage ich mich, wie dieser Staat funktioniert, wenn seine Bürger im Schnitt nur 185 Tage im Jahr arbeiten? Der liebe Gott muß unser Land schon sehr lieb haben. Aber warum beschert er uns dann die politischen Scharfmacher, die Eisbrecher und EU-ja-nein, ja-ja und Noja-Kasperln? Die Landtagsblockierer und Politunmoralisten?

Wahrscheinlich, damit die Leut' was zum Nachdenken haben, wenn sie so im warmen Sand der Maledivenstrände herumkugeln.

Herbst

Der Herbst ist die Zeit des Fruchtens, der Ernte, der Vorbereitung der Natur auf den Winterschlaf. Er sollte eine Zeit der Ruhe sein, der Besinnung und der Rückschau. Was hat sich den Sommer über getan? Was steht uns in der kalten Jahreszeit bevor? Zuerst wollen wir zusammenfassen und ein wenig in den Aufzeichnungen der letzten Monate blättern.

Der Fremdenverkehr war gar nicht so schlecht wie erwartet, und die Österreicher waren gute Gastgeber. Natürlich besonders für die Begüterten, Betuchten, G'stopften, die nach zwei bis drei Ferienwochen unter Zurücklassung ihrer Devisen wieder heimgefahren sind. Den Armen, Flüchtenden, Schutzsuchenden kommen wir leider weniger entgegen - da haben wir schon Europareife erreicht, wie ein Sprichwort sagt. Ein Sprichwort sagt auch, daß sich die Geschichte nicht wiederholt. Das mag stimmen, aber sie schafft Situationen, die sich (auch wenn ein Jahrhundert dazwischenliegt) zum Verwechseln ähnlich sind.

So ging vor 80 Jahren der zweite Balkankrieg zu Ende, der Friede von Bukarest wurde geschlossen - 1993 wartet die Welt auf das Ende des Mordens im ehemaligen Jugoslawien. Nach dem Ende des Zweiten Weltkrieges wurde der Priester, Präsident und Kriegsverbrecher Dr. Josef Tiso (Slowakei) hingerichtet. 1993 prangt sein Bild auf den Geldscheinen des neuen slowakischen Staates. 1943 schmähte eine Gruppe sogenannter Patrioten den aufrechten Helden Franz Jägerstätter, der lieber in den Tod ging, als für einen Verbrecherstaat zu kämpfen - 1993 haben manche umgedacht, viele aber sind bei ihrem sturen Unverstand geblieben. Aus falscher „Pflichterfüllungstreue", aus Dummheit oder gar aus Überzeugung? Eines wäre so arg wie das andere.

Nun mögen manche sagen, die Welt ändert sich eben nicht - nein, das stimmt keineswegs, die Welt ändert sich, aber nur, soweit der Mensch es zuläßt. Damit er es zuläßt, muß er sich allerdings selbst ändern, und das braucht viel Mut, Kraft und Intelligenz. Auch da sollten wir „Alten" ein Beispiel und kein Hemmschuh sein. Wir müssen den Jungen vorleben! Wenn zum Beispiel ein Abgeordneter zum Nationalrat in seiner Verblendung behauptet: „Die Arbeiter waren in Österreich in Wahrheit nie links" (Herr Abg. Haider im „Standard" vom 10. August 1993), dann sind wir aufgerufen, ihn bei der nächsten Wahl eines Besseren zu belehren und ihm so eine politische Watschn zu verabreichen. Auf, Freunde! Raus aus den Lehnsesseln! Weg vom Fernsehapparat, hin zu den Jungen, Unerfahrenen. Redet mit ihnen, lehrt sie, überzeugt sie - so wie man euch überzeugt hat. Nur dann, wenn euch das gelingt, wird sich die Geschichte nicht wiederholen.

November

November - Trübe - Nässe und Nachtfrost. Die Flugzeuge starten unregelmäßig, Termine sind kaum einzuhalten, die Autobahnen liegen im Nebel - alles ist grau in grau. Nur hin und wieder leuchtet ein fahles Beerenrot aus dem Garten, das Gelb der letzten Sonnenblume ist verbräunt. Herbst - der sich mit Riesenschritten dem Winter naht. Dächte man nicht an die Flüchtlinge, könnte man sich auf den warmen Kachelofen in der Stube freuen. So aber: Lieber Gott, laß uns noch lange auf den Frost und den ersten Schnee warten! Die Furie des Bürgerkrieges - noch ärger als die des Krieges, den wir kennengelernt haben - will nicht erstarren, es wird gekämpft, von außen gehetzt und - geliefert.

Waffen, Waffen, Waffen - das große Geschäft für Schieber und Söldner. Ich schäme mich, auch hierzulande welche ihr Unwesen treiben zu sehen. Warnende Stimmen, wie die des neuen Chefs der Caritas, werden niedergelächelt; „Gewissen Kreisen" (sie sitzen beileibe nicht an der Ostküste Amerikas!) behagen sie gar nicht - so werden sie verleumdet und diffamiert. Daß das alles in der Geschichte schon einmal da war, will niemand wahrnehmen, den Ruf „Die Waffen nieder" wie einst niemand hören. Die Namen sind andere, die Geldgeber dieselben! Erinnerung tut not.

Im Oktober dieses Jahres wäre Leopold Figl 90 geworden, ich höre noch seine tränenerstickte

Stimme vom Balkon des Belvedere in Wien klingen: „Österreich ist frei!“ Oft frage ich mich, was würde der Poldi sagen, wenn er die neuen Posteninhaber hören könnte, wenn sie so von „obsoleter Neutralität“ faseln, wenn andere ihr großdeutsches Gedanken- (und Erb-)Gut in EG-kritische Phrasen kleiden und ein Viertes Reich meinen, wenn sie Europa sagen. Will sich denn niemand erinnern, was ein Figl, ein Raab, ein Schärf und ein Kreisky aussprachen und taten? Das ist Unrecht tun an diesen Toten! Kränze niederlegen allein reicht nicht! Ein Volk, ein Staat kippt über die Bremsleiste in die Menschenverachtung.

Dabei - erinnert Euch doch: mein Freund Sebestyén, der große Humanist, war Ungar, Milo Dor, der Dichter, ist Serbe, die Karajans kamen aus Armenien, Milan Dubrovic, der letzte Altösterreicher, stammt aus Dalmatien. Schon ihretwegen sollte man Einkehr halten und in sich gehen. Dabei muß und soll man nicht die vergessen, die uns vorgelebt haben, wie es besser wäre zu leben und zu arbeiten: Und es gab ihrer viele.

November! Es wird kälter, als ob es nicht kalt genug wäre in dieser Welt - ist doch wieder ein lieber Mensch und schätzenswerter Künstler heimgegangen. Alexander Trojan, Ehrenmitglied des Burgtheaters wurde verabschiedet. Würdig, ohne Reden, mit Haydns Kaiserquintett. So hörte er das gerne, was sie später zu „Deutschland, Deutschland über alles“ machten. So ohne Getöne, zart und variabel, Balsam für Ohr und Seele. Traurig waren sie alle, die ihm die letzte Ehre erwiesen. Die Wessely, die Holzmeister, der Schweiger und der Rudolf Steinböck - wir alle haben ihn geliebt, diesen Österreicher von Blut und Gemüt. Wieder einer weniger, der uns sagen könnte, wie es weitergehen soll.

Advent

Krampus und Nikolo, wer erinnert sich noch an die beiden Figuren, die bis vor 20, 30 Jahren die Straßen beherrschten und den 5. und 6. Dezember prägten? Der „Bischof“ weißbärtig mit Krummstab, sein Begleiter rotzüngig, mit Hörndln, Butte und Rute. Heute? Mein Gott, wenn man irgendeinen Plastikschmarrn oder einen zum Krampus umgemodelten Osterhasen sieht, muß man schon froh sein!

Da lob' ich mir die taktvollen Salzburger, die ihren Christkindlmarkt am Domplatz nicht schon Mitte November öffnen, sondern die Adventzeit einhalten. Ich konnte mich anläßlich meiner letzten „Sibirien“-Vorstellung davon überzeugen. Es war ein schöner Tag, dieser Tag der „Dernière“ im Landestheater. Ausverkauft wie fast immer, Applaus zum Verlegenwerden - berührend und doch auch schmerzlich. Salzburg wird mir abgehen in den nächsten Monaten und ich hoffe, das Publikum vermißt mich auch.

Ich war auf der „Schranne“, Schneegeruch lag in der Luft, und es weihnachtete schon ein bissl. Der Kapuzinerberg war angezuckert, das Salzburger Zwiebelfleisch würzig wie die Würste auf der Schranne und die Kas-Sorten am Grünmarkt. Ich beneide alle Leute, die nun bald durch die verschneiten Gassen der Stadt gehen werden. Ein Wintergefühl, das sich in Wien leider immer seltener einstellt. Vom Haus des Sprachenbabels Burgtheater (man hört Sächsisch, Hamburgerisch, Schwäbisch, Preußisch und sogar hin und wieder Wienerisch) schau' ich oft hinüber zum Rathaus und dem davorliegenden Christkindlmarkt. Die Tanne, heuer sehr gerade und schlank, strahlt im Lichterglanz, die Langos knofeln zum Himmel und die Glaskugeln blinken. Aber Schnee ist selten geworden in meiner Stadt. (Ich betone, daß ich dafür die Stadtverwaltung nie verantwortlich gemacht habe!) Ich kann mich auch (liegt es an der noch größeren Entfernung?) in der Salzachstadt eher vom Krieg im ehemaligen Jugoslawien wegdenken, mich weniger aufregen über Mogel und Logel. (Vielleicht habe ich, gerade weil ich ein Wiener bin mit allen meinen Gefühlen, hier ein weniger scharfes Gehör, ein weniger scharfes Auge.)

Weihnacht

Nur der Honig der Friedfertigkeit, der Zuneigung, der Freundschaft und des Verstehens soll heute aus meiner Feder tropfen, denn es wird Weihnachten, und das ist bekanntlich das Fest der Stille und des Friedens. Daher verstopft Eure Ohren, damit Ihr nicht das Donnern der Kanonen in Bosnien hört, nicht das Knistern des brennenden Holzes in überfallenen Ausländerwohnstätten, schließt die Augen, damit Ihr die Schlagzeilen, die von Millionen Arbeitslosen berichten, nicht lesen müßt! Blickt vertrauensvoll in die Zukunft, denn es wird Weihnacht! Hört Ihr den Flügelschlag der Engel, den Gesang der Seraphim, der süßer klingt als das Jammern der Hungerkinder in Afrika und das Knurren der Mägen frierender Moskauer, Osseten und Tschetschenen! Hallelujah dem Befreier der Welt, der leichter zu begreifen ist als die Störer der Verhandlungen, die über einen Frieden im Heiligen Land bestimmen werden!

Gemütlich, so eine Mitternachtsmette in einer geheizten Kirche im verschneiten Bayern, gemütlicher jedenfalls als ein Gottesdienst in den Ruinen eines Bethauses in Sarajevo! Liebe Deinen Nächsten und sei froh darüber, daß der Flüchtling, der Asylsucher oder gar der von Deinem Vater ins Land geholte Gast-(Arbeiter) Dir nicht so nahe steht, daß er als „Nächster“ bezeichnet werden kann. Friedlich brennen die Kerzen am Weihnachtsbaum, friedlicher als die Häuser der Vertriebenen in Gorazde. Serben, Kroaten, Nordiren - Christen sind sie, aber nicht Brüder in Christo, sondern Feinde; Feinde des Friedens auch, wie die weißen Nazis in Südafrika und ihre schwarzen Handlanger! Ihr aber, Ihr (noch) satten Deutschen, wir Satten (trotz allem noch Satten) stecken unsere Haxen unter den Tisch und schieben uns den Fisch, die Gans (bei uns Gansl genannt), den Bratapfel und anderes in den Mund. Es ist nicht nur essen, nein, es ist Weihnachten, und da sind wir friedlich - waren es auch im Krieg. (Am 24. Dezember überfielen wir nie jemanden. Erst am 25.)

Weihnacht-Glitzer-Zeit - sogar die Presse, der Rund- und Mundfunk, das Fernsehen schalten auf Frieden. Nur ein Kampf tobt hemmungslos - Kitsch as Kitsch can. Wunderkerzen, Lebkuchen, Lametta - schon ab November in den Läden, haben den Krampus (österreichischer Begleiter des hl. Nikolaus) und den Nikolo (italienisch) verdrängt.

Und die Herzen? Schlagen sie höher? Wann und wo? Bei Durchsicht der Bilanzen, der Abschlüsse, beim Kassasturz? Und Schnee gibt's auch weniger in den letzten Jahren! Ob da die Regierung schuld ist, oder der Kanzler gar selber? Sündenböcke werden auch zur heiligen Zeit gesucht. Weihnachtsputz: Überall wird gekehrt, nur nicht vor der eigenen Tür.

Schluß mit dem Geraunze, werden Sie sich denken. Daher: Augen zu und Mund auf. Weihnachten ist's, Friede den Menschen - urbi et orbi! Und ganz tief drinnen, da glühten noch ein wenig Glaube, Liebe, Hoffnung und echte Weihnachtsstimmung. Fachen wir die Glut halt an. Vom Himmel her …

Silvester

„Mir san Mir"-Mentalität, „Fünfe mit den eigenen Händen", „die von der Ostküste", „jetzt erst recht", Beschäftigungspolitik, Nadelstreiffaschist, Bagage - es dreht einem beim Zurückschauen den gefüllten Magen um! Und wir haben das zugelassen. Wir! Wir alle! No ja, ein bissl schämen wird man sich doch noch derfen - aber einer, der sich schämt, der darf sich auch was wünschen, zur Belohnung sozusagen. Also, was wünschen wir uns für 94? G'sundheit, eh klar, wenig Sorgen, an warmen Ofen, an guaten Kaffee, viel Urlaub und an guaten Wein! Genehmigt - aber sonst? Nix? Geh' hör auf! All das, was Sie sich wünschen, ist nur in einem freien Land garantiert. Also wünsche ich mir für Sie alle ein freies, unabhängiges, stolzes, prosperierendes Österreich, in dem ein patriotisches, besonnenes Volk lebt. Recht so? „Und die Ausländer?" hör' ich rufen. Ja Kruzitürken, sollen wir die Bosniaken, die Kurden, die was waß i, verhungern lassen? Ich weiß, daß das die Mehrheit der Nation (!) nicht will. Aber, so sag ich, man muß den Geretteten, den Gerufenen und den Gästen, ohne als Nationalist gebrandmarkt zu werden, auch sagen dürfen, daß sie sich wie Gäste zu benehmen haben. „Wenn ihr wollt, daß man euch versteht", sag' ich oft, „so müßt ihr uns auch helfen, euch verstehen zu können." Seid nicht aggressiv, nicht aufsässig und gewalttätig. Überlaßt das uns - wir können das alles auch ganz gut. Und den Landsleuten müssen wir sagen: „Habt vor 1994 keine Angst. Wenn Ihr wollt, wird dieser Sozialstaat weiter funktionieren, diese Republik wieder ruhiger werden. Redet die Demokratie nicht nieder, schmäht nicht jene, die Ihr gewählt habt - sie leben nicht schlecht, aber das Geschäft, das sie haben, ist eine harte Bandage. Ich möchte es nicht machen müssen. Sie? No also. In Ihrer Hand, Frau Österreicher, Herr Österreicher liegt die Zukunft unseres wunderbaren Landes, das neutral bleiben sollte, auch wenn irgendwelche Würschtln fragen - gegen wen neutral? Man ist nicht neutral gegen wen, sondern neutral zum eigenen Vorteil.

Die Welt ändert sich alle 2-3 Weltsekunden. Wer weiß, was morgen ist? Also! Neu überdenken - bitte. Aber nichts weggeben, was heilig geworden ist. Man hat so viel zerstört, zerbrochen, abgeschafft - die Leut' lassen es sich noch gefallen, obwohl die Schmerzgrenze fast erreicht ist. Nein, ich rede nicht vom Burgtheater allein! Aber die Politiker, die ich im großen und ganzen sehr schätze, sollen einmal in ihre Sektionen gehen und zuhören. Ein zu empfehlender Lauschangriff wäre das. Näher zur Basis. So wie der eine in Discos, Bars und Nobelquetschen geht und dort seine Wähler rekrutiert, so müssen die anderen ebenso zu ihren Leuten gehen. Reden, reden, reden, das ist Demokratie, so wie Politik die Kunst des Möglichen ist. No also, da stehen und sitzen wir herum - die

Pummerin hat ausgepummert, der Donauwalzer ist verklungen - wir haben unsere Sekt- oder Weingläser in der Hand, haben Prosit 1994 gesagt und jetzt? Ja, jetzt schaun wir ziemlich ratlos in die Gegend. Ein Rückblick wär' fällig, aber er fällt gar nicht leicht. Anders als in vergangenen Jahren ist es heuer, am Beginn des Jahres 1994! 49 Jahre ist es her, seit der eklige 2. Weltkrieg zu Ende war, das sogenannte großdeutsche Reich mit einer Katastrophenniederlage zerbrochen ist, unsere Republik wieder frei wurde. Seit fast 50 Jahren ist Österreich wiedererstanden, muß der Name unseres Landes nicht mehr geflüstert, sondern darf laut und stolz ausgesprochen werden. Figl, Raab, Schärf, Kreisky - Österreich war und ist frei.

Und heute? Manche Bürger fürchten wieder eine Vereinnahmung, sollten aber nach den Worten unseres Bundespräsidenten, die an Deutlichkeit nichts zu wünschen übrig ließen, beruhigter sein. „Beruhigter", habe ich gesagt. Nicht „beruhigt". Das ist ein kleiner, aber nicht zu überhörender Unterschied.

Also blicken wir zurück - ohne Zorn, nur mit wachen Sinnen. Aber ja, trinken'S halt vorher noch ein Glasl - trinken macht die Augen hell, heißt's in der Fledermaus. Probieren Sie's aus, ob's stimmt!

Nach den ersten 10 Jahren war der Aufbau gut angelaufen, der Ton in Politik und Presse annehmbar, das Lagerdenken von den Erinnerungen an „das Lager" geprägt. Sehr zum Vorteil der Republik und ihrer Bürger übrigens. Die Koalition des wahren Österreich existierte, der Patriotismus war ein bissl brustschwach, aber die Neutralität und ihre Auswirkungen überdeckten, so wie die Sozialpartnerschaft, manche Fallgrube. Offiziell ist immer vom Weiterwurschtln geredet worden, dabei ist es aber (weil wir nämlich in Wirklichkeit - mindestens 80 Prozent von uns - ein fleißiges Volk sind) immer mehr nach oben, also aufwärts gegangen. Und heute sind wir einer der - ich will das Wort „reich“ nicht in den Mund nehmen - also einer der wohlhabendsten Staaten der Welt!

Was sagen Sie? Staatsschulden? Ja schon, aber schauen Sie sich andere Länder an. Die USA z. B.

Wo bin ich stehen geblieben? Ja! Reich! Das ist ja das, was mich so fuchst! Uns geht's so gut wie nie zuvor und die Bürger sind unzufrieden und raunzen. Es muaß si was ändern? Ja, was denn noch? Was wollt ihr denn noch, ihr Unersättlichen, frag' ich immer wieder. Ärgerlich ist das, dieses Geraunze! Ja, ich weiß schon, Dankbarkeit ist keine politische Kategorie, aber sie wäre trotzdem angebracht. Danken Sie dem Herrgott, der Regierung, der Opposition oder sich selbst, wurscht wem, nur seien Sie nicht ungerecht, bitte. Jetzt am Beginn des neuen Jahres könnten wir stolz zurückblicken, wären da nicht ein paar bedrückende Tatsachen. Zur Erinnerung - Sie wissen schon: Volksbefragung nach dem umstrittenen Präsidentenwahlkampf, der zweite Versuch, Altes und

Braunes wieder gesellschaftsfähig zu machen, denn: Mir san Mir.

Das 94er Jahr wird ein Wahljahr und das müssen wir nützen zum Schutz der Demokratie, zum Schutz der Nation (die wir sehr zum Ärger gewisser Leute doch sind), und zum Schutz der Republik. Laßt uns das Jahr beginnen mit dem Versprechen, Fehler zu korrigieren, neue zu vermeiden und endlich wieder - vernünftig zu werden. Haß abbauen, Hände reichen und verachten, was zu verachten ist. Also dann Prost! Und anstoßen auf ein Gutes Jahr!

Neujahr (1994)

Die heiligen Nächte sind vorüber, das neue Jahr ist angebrochen und die Welt ist nicht um 0,01 Prozent besser, friedlicher und ruhiger geworden - von klüger ganz zu schweigen.

Unsere - nein, so darf man sie nicht nennen, aber Sie wissen schon - also, die Rechts-„liberalen“ starten ihr Begehren, das das Volk vor den miesesten Wagen, der seit 1938 in Bewegung gesetzt wurde, spannt. Es wird genug Pferde, Esel und Ochsen geben, die bereit sind, ihn zu ziehen, davon bin ich überzeugt. Aber dann, dann werden sie sich aufregen, wenn sie lesen, daß in Holland, den USA, in Frankreich und England - vielleicht sogar in Deutschland! - Inserate erscheinen, die da lauten könnten: „Österreich lehnt Ausländer ab. Sie -

Bürger der USA (Hollands et cetera) sind in Österreich - auch als zahlende Urlauber-,Ausländer'. Denken Sie daran, wählen Sie ein anderes Ferienland." Wär's so unmöglich, daß zum Beispiel der kanadische Fremdenverkehrsverband so etwas ins Blatt rückt?

Oder daß, weil man sie hier offenbar nicht mag, alle philippinischen Krankenschwestern in den Spitälern für 24 Stunden die Arbeit niederlegen? Die Zeitungskolporteure aus den arabischen Ländern auf ein paar Schilling, die sie Abend für Abend verdienen, verzichten und nicht frierend das Blattl, das gegen sie hetzt, feilbieten? Wir werden's überstehen, wenn ein Sir Georg Solti, ein Placido Domingo und ein George Prêtre nicht nach Österreich kommen, aber so schön wird's halt dann nicht mehr sein, weniger bunt ist grau, fahl und fad.

Wir haben's auch überstanden, daß von '38 bis '45 unsere österreichischen Freunde jüdischen Glaubens vertrieben, geschlagen, gedemütigt und letztlich ermordet wurden. Aber wir tragen, so wir ein fühlendes Herz haben, noch heute schwer an unserer Schuld. Und - nebenbei - so lustig wie vor '38 ist es auch nie mehr geworden. Natürlich brauchen wir keine Zigeunerkapellen, keine indianischen Schamanen, wir brauchen keine ungarischen Regisseure, bundesdeutsche Schauspieler, italienische Spaghetti-Zubereiter und keine griechischen Gastwirte. Wir können sehr gut ohne Baklava, Gyros und coq au vin leben - nur fad wird's halt sein.

Und weniger Arbeitslose wird es auch nicht geben, weil die Einheimischen nicht bereit sind, sogenannte Dreckarbeit zu akzeptieren.

Ich liebe meine sechs Steirer-Ausseerhüte, meinen Jägeranzug und meine Haselhuhnfeder am Hut. Aber nur Trachteng'wandln? Nein - bitte nein! Wie gesagt, wir brauchen all das wirklich nicht - aber wir haben es nötig! Wir können ohne die fleißigen (ich weiß, es gibt auch faule) Arbeiter aus Ex-Jugoslawien, aus der Türkei, nicht existieren. Oder kennen Sie einen „Einheimischen", der freiwillig Zeitungen verkauft, Dreck putzt und in Hotels das Geschirr wäscht? Ja? Dann bringen Sie ihn zu den Vermittlungen. Der erste Österreicher, der sich als Häuslputzer im AKH meldet, wird mit Blumen vom Bürgermeister selber empfangen und auf dem Bürgermeisterradl sitzend von ihm persönlich geschoben.

Wie war's denn im Krieg? Hätte die verfluchte Rüstungs- und Landwirtschaftsindustrie ohne vier Millionen Zwangsarbeiter funktioniert? Einen Schmarrn hätt' sie das. Sogar die Präservative für die Wehrmacht des größten Feldherrn aller Zeiten wurden in den Fabriken des Schwiegervaters eines ehemaligen bayrischen Ministerpräsidenten - Zwicknagel hieß er, der Tochtervater - von Zwangsarbeitern hergestellt. Und zwar von ausländischen!

Vielleicht sind Sie das Ergebnis „polnischer Schlamperei"?

Ich habe, wie man weiß, keine allzugroße Vorliebe für den amtierenden Burgtheaterdirektor, er mag mich ja auch nicht sehr. Das ist sein - das ist mein Recht. Dieser glänzende Regiekünstler ist, glaube ich, nicht der rechte Mann, den Direktor dieses Theaters zu spielen. Aber ihn nicht zu mögen, weil er Ausländer (Deutscher) ist, hieße die Tatsachen verdrehen und wäre völlig vertrottelt. Das Begehren des Herrn Haider Jörgerl an das Mißgeburtsvolk darf also - ich betone das! - nicht gegen Claus Peymann gerichtet sein. Den bekämpft der FPÖ-Führer auf andere, miese Weise - was uns nicht nützt und uns sachliche Argumente aus der Hand schlägt.

Fein, so ein Neujahrsbeginn. Aber wir haben '45 auch wieder begonnen. Und da war es noch schwerer. Leichter war es nur in einer Beziehung: Die Trottel haben sich damals nicht so lautstark artikuliert wie heute. Sie hatten Angst und krochen in alle Öffnungen der Siegersoldaten. Dort hätten sie bleiben sollen.

GEDANKEN

Geschriebenes

Telefonieren tut's nicht: unsere Kultur verlangt von uns zu schreiben. Nicht, daß Geschriebenes wertvoller ist als Gesprochenes, es hat nur eben den Anschein des Beständigseins. Tonband gut - Brief besser. Ich bewahre Briefe jahrelang auf, und sie haben nicht nur Archivwert. Da ist ein Schreiben eines jungen Mannes, der sich um eine Stelle als Regieassistent bewirbt - heute ist er ein Mitglied der Pariser Oper. Da sind ein paar Zeilen eines politischen Possenreißers chamäleonesker Art, er ersucht um Fürsprache beim sozialdemokratischen Bundeskanzler Dr. Kreisky - heute ist der Clown rechts-rechter Katholik der nicht nur Gnade empfangenden Art. Ein Brief ist von einem hervorragenden Klavierspieler, mit dem ich nach dem Krieg durch die Lokale von Graz tingelte, heute ist der Hochgeachtete pensionierter Hofrat und ein international gesuchter Kunstexperte - ich könnte diese Reihe beliebig lange fortsetzen.

Ein Brief - da hat man etwas zum Wiederlesen, zum Festhalten. Schriftvergleiche über Jahrzehnte geben interessante Aufschlüsse. Ich mag Briefe. Ich mag auch Horoskope und die Mitteilung, daß bei der und der Wahrsageperson nicht eine einzige Prophezeiung eingetroffen ist, nicht eine einzige. Also dafür leben die Kugelgucker und Sterndeuter,

Kartenaufblattler und Kaffeesudleser gar nicht so schlecht.

Da finde ich - im Papierwust - einen Sketch-Entwurf vom genialen Wiener Kabarett-Autor Rudolf Weys: „Selbständig müßte man sein." Inhalt: In Wien machen sich die Bezirke unter dem Motto „Los von Wien" selbständig. Das Kaiserreich Innere Stadt entsteht, die Jüdische Republik Leopoldstadt, die Sowjetrepublik Floridsdorf etc. Weys hat das 1938 nach dem Einmarsch der Nazitruppen erdacht.

Was würde er heute schreiben? EU-Europa vereint, aber zentral regiert: In Deutschland, bei den tüchtigen Selbststreichlern, wird gearbeitet, für ganz Europa wird gehämmert und gebohrt, geschweißt und gefräst - Web- und Beichtstühle haben Hochbetrieb, der Schweiß rinnt in Strömen, man ist national und glücklich.

Österreich ist das Land der Nostalgie und der Erholung. Wenn man um 4 Uhr früh aus dem Fenster schaut, sieht man im Morgennebel fröhliche Greise um ein Feuerchen schuhplatteln, Zithermusik und Jodelei klingen von Gipfel zu Gipfel, befrackte Kellner stehen gebückten Rückens vor Wirts- und Freudenhäusern und laden zum Besuch ein.

Aus Ungarn wallt Gulaschgeruch über die Grenzen, rot-weiß-grün kostümierte Fiedler fiedeln auf platten Booten am Plattensee, kilometerlange Salamis werden angeboten, die Straßen von Buda und

Pest sind mit würzigem Rosenpaprika bestreut, über den der Primas von Ungarn csárdástanzend zur Messe wallt.

Tschechien - Land an der Moldau! Bier fließt in Strömen, in Prag kochen längst ausgestorbene Köchinnen böhmische Dalken, Powidl- und andere Tascherln, das biedere Volk verkauft Bräute und betet den Golem an, der Nacht für Nacht am Grab des berühmten Rabbi Löw schaurige Gesänge von sich gibt. Die exzellenten Texte dieses chanson fantastique sind vom Staatspräsidenten höchstpersönlich, und eine Schar Schwejks vertreibt die Dichtung als Traktat in den Wirtshäusern, die alle „Zum Kelch" heißen.

Italia! Bella Italia, das von Regierung zu Regierung und damit von Skandal zu Skandal taumelt. Neofaschisten und Neokommunisten, legale Lega und illegale Geschäfte. Le bon ton de Benetton wirbt für Italien und nicht für La France, wo nicht einmal Walt Disney eine längere Aufenthaltserlaubnis erhält. Trotzdem alles Balladur! Das Kriegsgeschehen für Europa hat Ex-Jugoslawien übernommen, es brennt und blutet, daß es zum Heulen ist, aber Nordirland gibt sich mit Platz 2 nicht zufrieden und bombt sich ins neue Jahr!

So hätte Rudolf Weys geschrieben, aber die Wirklichkeit hat ihn übertroffen. Noch grausiger ist es in Europa, ekelerregender, als sich ein Dichter hätte ausdenken können. Verstehen Sie, warum ich Geschriebenes so liebe? Ich denke, weil es das ist, was man als Flucht aus der Wirklichkeit bezeichnen kann.

Pfeifen

Grausig, in welcher Zeit wir leben, grausig zu sehen, wie der Glaube an Wählerwillen und Demokratie zerstört wird. Das Kaschperltheater in Kärnten, die Sturität eines Ministersekretärs (der selber kann doch so dumm, eitel und ignorant nicht sein), der jedem, auch noch so bekannten, Beschwerdeführer in Sachen Burgtheater den gleichen - wortwörtlich gleichen (!) - Antwortbrief zukommen läßt, der Versuch, sogar den Chef der blauen Partei mit Freunderlgesten und Volkstümlichkeit an die Kandare zu nehmen, ihm immer noch Lernfähigkeit zuzugestehen.

Jene zu tolerieren, wie es in Graz, im Außenamt und bei gewissen Wirtschaftsfunktionären geschieht, ist für die Demokratie belastend und gefährlich. Nicht ausgrenzen, abgrenzen heißt die Parole, und der Kanzler und der Vize verteidigen sie in bewundenswerter Weise. Nahe Kontakte mit den Bürgern, nicht leeres Geschreibsel (mit falschen Zahlen unterlegt) sind gefordert, Handschlagqualität muß wiederhergestellt werden. Runter von den hohen Rössern, meine Herren (die Damen Minister sind da geschickter), sonst wird Euch allen der Wähler beim nächsten Urnengang was blasen; und zwar den Marsch! Ihr müßt schauen, daß man Euch wieder anschauen kann. Euch wieder gern ins Gesicht sehen mag.

Erinnern Sie sich? Da gab es einmal Politiker, Menschen, Herren, die nicht nur Kopf, sondern auch ein Gesicht hatten. Das kluge, weise, leicht zynische - weil alles überschauende - Gesicht eines Bruno Kreisky, die gescheiten, vornehmen Züge eines Reinhard Kamitz, die elegante, vornehme Miene Hertha Firnbergs, die gütigen toleranten Augen des Volksbürgermeisters Bruno Marek. Heute? Ich schau' in die besorgten Augen Vranitzkys, in die feurig-kühlen der Heide Schmidt, in ehrliche, wissende, suchende Augen da und dort.

Dann taucht am Bildschirm der Raubfisch im Teich auf. Was seh' ich, wenn ich ihn anschau'? Eine Pfeife! Eine Bruyère wahrscheinlich, zwischen ein paar verdrehten Zahnderln festgehalten. Alles so verkrampft-locker, wie man es eben beim Medientraining in den USA lernt!

Aber wer hat heute noch den Blick fürs Wesentliche? Da werden eher die Schwarzen in Südafrika einsichtig als manche der unseren, von löblichen Erhardschen Ausnahmen abgesehen. Wenn die Karawanken-Hickhack-Trotteleien für irgend etwas gut gewesen sein mögen, dann vielleicht für den Blick in den Abgrund, auf das Risiko und auf die Gefahren, die überall lauern. Putschversuch im Sendehaus - nicht zum ersten Mal ist in einem solchen ein Aufstand gestartet worden -, Hohngelächter und Rabaukengewieher wie '34 bis '38. Nur die

Kleider haben sich geändert, der Haarschnitt und das Bankkonto sind anders geworden. Aber „der Geist", die Brutalität, die Gewalt sind gleich. Widerlich! Der arme B. B. hatte schon recht - der Schoß ist fruchtbar noch, aus dem das kroch. Und das alles, nachdem man uns Besserung versprochen hat.

Einkehr und Rückkehr zur politischen Kultur! Wie soll die Welt über das „Kulturvolk" in Österreich denken, wenn verbale Meuchelmörder den Ton angeben? Langsam zieht auch die Ausrede mit „jung san's halt und dynamisch" nicht mehr. Mit über 40 darf man kein Rotzbub mehr sein - und wenn man noch so gescheit, brillant und professionell ist. A bissl Manieren schaden nicht, sie sind für Politiker, Funktionäre und - ja, sogar - für Theaterdirektoren unerläßlich. Aber wenn's einmal nicht klappt, dann zeigen sie ihr wahres Gesicht, die Dauerstänkerer. Wütende, verzerrte, wehleidige Gesichter. Auf einmal schauen sie ganz natürlich aus, die alten Herrn Buam. Könnt' ich sie nur ein bissl leiden, sie täten mir leid.

Dabei ist es so schön draußen, die Blumen blühen, die Fremden kommen, die Ferien stehen vor der Tür. Man könnte sich auf den Sommer freuen, zufrieden sein und das Leben schön finden - wenn nicht diese Pfeifen wären - pfeifen wir drauf!

Ehrliche neue Welt

Ich seh' sie vor mir, Kaffee trinkend, Schokolade schlürfend, Schnupftabak einziehend, ich seh' wie sie da sitzen auf ihrer Wolke, die zwischen Himmel und Hölle so ziemlich auf der Höhe der Erde dahinzieht. Sie lesen die Zeitungen, blicken verständnislos aus ihren klugen Augen, lächeln hämisch und begreifen nichts. Gar nichts!

Sie, die einst das große Spiel spielten, seine Regeln beherrschten und zurechtbogen, wie es der Tag und die Stiuation verlangte. Einer schüttelt den Kopf, lacht auf, zeigt auf eine Zeile des Gedruckten, Lorgnons werden gehoben, Stirnen gerunzelt, Augenbrauen hochgezogen. Politiker, Diplomaten, Staatsmänner sollen nicht mehr lügen, nicht mehr täuschen, nicht mehr schwindeln dürfen?

Da lachen sie still vor sich hin, die Herren Talleyrand, Fouché, Metternich und Macchiavelli. Dumme Welt, die jede Aussage auf die Waagschale der Korrektheit legt, die kleine, harmlose Schwindler blutrünstig „entlarvt" und von ihren Posten jagt, die lieber Kriege führt, Zusammenbrüche duldet, als ein wenig Diplomatie, so wie jene dort oben sie verstanden zu meistern.

Sie wundern sich, daß Zeitungen, einst der Hort der Freiheit und der Gerechtigkeit, sich zu Tribunalen wandeln, Fernsehanstalten Blutgerüste aufrichten, „Aufdecker" Millionen einheimsen und Lappalien zu Staatsaffären hochstilisiert werden.

Zwar dürfen, wie in alten Zeiten, Regierungen ihren „Untertanen“ einreden, daß Vereinnahmungen nichts kosten würden und werden - wie ehedem - nicht zur Verantwortung gezogen, wenn sich diese Erklärungen als Lüge (bewußte Lüge sogar) herausstellen. Zu groß das Thema, zu gewaltig der Schwindel. Aber Kleinigkeiten, ein Satz im Landtag, ein falsches Datum, ein nichtbeachtetes Fernschreiben, Schubladenaffären, Beschäftigung eines nicht angemeldeten ausländischen Dienstmädchens, das sind Sachen, die man breittreten kann, um den politischen „Feind“ (oft auch „Freund“) von der Bühne zu stoßen ins materielle Nichts, in die Mißachtung des Volkes zu treiben.

Ist sie ehrlicher geworden, die neue Welt? fragen sich die Churchills, die Lincolns. Nein - „transparenter“ ist die verlogene Antwort. Verleumdung ist wie in Fouchés Zeiten nach wie vor große Mode, Intrige wird gespielt wie in allen Epochen, aber kleinkarierter, böswilliger, uneleganter.

Ehrenmänner werden in den Selbstmord getrieben, Honorige auf die Anklagebank gezerrt. Metternichs Clemens, der Fürst, lacht auf - na, allzuviel hat sich nicht verändert, und es gilt nach wie vor der Satz: die Kleinen hängt man, die wirklich Großen läßt man, devot lächelnd, laufen.

Noch eine Schokolade, Monsieur, noch eine Prise? Gerne, Haptschi - Gesundheit!

Die 93er

Seit Jahrtausenden ziehen sich kontemplative Menschen in Wüsteneien zurück, werden dort geläutert, finden zu sich - zu Gott. Ein erstrebenswerter Weg? Ein Weg in eine andere, bessere Welt? Ein Weg, der zu sich selbst führt? Ich tät's auf meine alten Tag' ganz gern ausprobieren, ob ich das auch könnte, ob ich es aushalten würde? Wahrscheinlich nicht. Wahrscheinlich würde ich (alter Hypochonder, und In-mich-Hineinschauer, der ich bin) angstvoll und rasch dorthin zurückkehren, wo ich hergekommen bin und was man so mit dem Begriff „Zivilisation" zusammenfaßt, würde erst dort die Klammern, die meine Brust umgeben, lösen - erst dort wieder frei atmen können. Das sagt aber noch nicht, daß man die Einsamkeit, die Selbstbesinnung - ja, die Einkehr nicht suchen soll.

Ich zum Beispiel, ich verkriech' mich ganz gern in stille Winkel meines kleinen Gartens, in eine Ecke meines Arbeitszimmers, in Gedanken, im Alleinsein. Meditieren liegt mir nicht, Nachdenken, Analysieren, Kombinieren schon eher. Ich habe es zwar aufgegeben, über den Krieg im ehemaligen Jugoslawien nachzudenken, ihn zu analysieren, aber ich denke noch immer nach, wer aus dem ganzen blutigen Elend dort unten den höchsten Profit herausholen wird. Die Medienvorarbeit ist wie auf Schienen gelaufen - Schuldige sind als solche abgestempelt und nun heißt es Bahn frei - dem

Geschickteren! Die Germanen und wir, treue Verbündete der Republik Kroatien (Otto der Habsburger spricht sogar von „unseren Landsleuten“, was ich für eine Frechheit halte) werden dort beim Neueinrichten des Hauses behilflich sein - La France steht, (so wie die GUS-Staaten) in Serbien zur Verfügung und in Bosnien - no ja, irgendwelche Fußmarode der Eurowirtschaft werden sich schon (zögernd) finden. Und Albanien, Bulgarien, Rumänien? Die werden abgeschrieben, aus der Festung Europa draußengehalten. So können Kriegsverlierer zu Gewinnlern - und Sieger zu Verlierern gemacht werden.

Etwas Absurderes, Gemeineres wurde seit Jahrhunderten nicht gespielt auf der Bühne des Welttheaters. Aber bittte, wenn schon die Bundestheater (welch kleiner Verein!) keine Sparefrohs sind (und man könnte sparen) und ein Jahresdefizit von sage und schreibe drei Milliarden Schilling zusammenbringen, die ja auch wer (wir!) berappen muß, so wird sich ein Sponsor finden - der die Blutlachen mit dem Ausreibfetzen der harten Währung (gegen Gewinn natürlich) aufwischen wird. Der Kommunismus ist tot - gut, der Kapitalismus lebt - noch. Leider! Der Krieg an unserer (Fast)Grenze zwingt uns, über eine demokratische Mischform - lacht nicht, bitte! - nachzudenken.

Ich hoffe auf die Jugend, die nun zum Zug kommen muß. Nicht verhetzte Fetzenschädeln mit Glatze und Rabaukenstiefeln werden die Zukunft gestalten - nein, sie werden es nicht tun, weil sie es nicht können.

Die Klaren, die Sehnsüchtigen, die Fleißigen, die Glaubenden werden formen und bilden. Die alten 68er wurden abgelöst, die blöden 93er werden es auch werden. Vielleicht weckt die sichtbare Ohnmacht der EG, der NATO, der demokratischen Welt die jungen Menschen auf und läßt sie darüber nachdenken, was wir alles falsch gemacht haben und wie sie es endlich besser machen können.

EU-Wahltag

12. Juni 1994. 16.30 Uhr. Ich gebe zu, ich bin ein bissl aufgeregt wie bei jeder Wahl - heute allerdings kommt noch dazu, daß wir, die Wahlberechtigten, diesmal eine Weichenstellung für viele Jahre, wenn nicht Jahrzehnte, getroffen haben. Um 17.00 Uhr schließen die letzten Wahllokale und um 17.05 Uhr gibt es die ersten Hochrechnungen, die meistens das Endergebnis lange vor seiner Verkündung festschreiben und dem „Wahlvolk“ mitteilen.

Wie wird's ausgehen? Wem haben die Österreicher mehr geglaubt? Ihrer Regierung mit Kanzler (SPÖ) und Vizekanzler (ÖVP) an der Spitze, dem großen EU-Vorkämpfer Alois Mock oder dem wendigen Demagogen und rechtslastigen Populisten, der an der Spitze der „Freiheitlichen“ steht und den - bei diesem Thema mit ihm einigen - „Grünen“? Die kleine KPÖ und rechte Gruppen, rechts-rechte Cliquen sind auch dagegen so wie der Spiralenmaler Hundertwasser, der wahrscheinlich aus nicht nur ökologischen Motiven seine Meinung lautstark geäußert hat. 17.05 Uhr: Erleichtert, froh und ein bissl stolz. Man rechnet mit 65 bis 66 Prozent Ja-Stimmen, also mit fast zwei Drittel aller Wählerstimmen. Ich sehe schon die strahlenden Gesichter der Pro-Propagandisten und die Enttäuschung der Kontra-Leute. Klug wie immer wird der wortgewandte Peter Pilz agieren, Jörg Haider wird zwei bis drei Stunden brauchen, um seine entgleisten Gesichtszüge wieder in den Griff zu kriegen. Ob sie die Heide Schmidt mitfeiern lassen, die zwei Großen? Ich weiß nicht recht, ob sie dazu die Noblesse haben - wünschen tät ich's mir.

Nun hat also das imperiale Denken gesiegt. Die Österreicher, die immer als eigenständige Kraft in einem großen Ganzen zu leben gewohnt waren und das immer angestrebt haben, haben sich einer „Gemeinschaft“ angeschlossen. In der Monarchie gewöhnte man sich daran, (bestimmender) Teil eines großen Ganzen zu sein. 1918 verlor man dieses Großreich. 1938 versuchte man, im „Großen Reich“ aufzugehen und nun - nach Kleinstaatsorgen und Identitätsgewinnung - ein Großraum, in dem man willkommen und, wichtig für uns, gleichberechtigt ist. Die EU wird keine Schutzmantelmadonna sein, aber sie garantiert unsere staatliche Selbständigkeit mehr als das von manchen (nach Schweizer Muster) angestrebte Draußenbleiben.

Eine Journalistin, die in einem profilierten Wochenmagazin schreibt, meint, ich wäre ein manischer Patriot. Also ein krankhafter solcher. Bitteschön, ich trage diese Bezeichnung wie einen Orden und meine, auch in der EU kann und werde ich ein solcher bleiben. Solange man mich das sein läßt. Sollte man mir aber mein rot-weiß-rotes Fahnl wegnehmen wollen, dann ... Aber das glaub' ich nicht. Als Europäer nicht und als Österreicher schon gar nicht.

Streichel-Botschafter

Hinein in die EU! Natürlich, ohne wenn, mit viel aber - aber hineingehen heißt dabeisein, net Adabeisein. Unsere Damen und Herren Diplomaten werden sich sehr viel einfallen lassen müssen, was dort geregelt, besprochen und - gefordert werden muß. Den deutschen Außenminister zu loben, ist à la longue sicher nicht abendfüllend. Natürlich, der Mann freut sich, ist wohlgestimmt - wollend, also wohlwollend gesinnt, aber nach Herrn Genscher, den wir ja auch immer bestreichelten, werden da welche sein, die nicht so lange im gelben Pullover bleiben werden. Ein eigener Streichelbotschafter wird also abzustellen sein, mit Sitz in Bonn, dann in Berlin (besser, als der deutsche Außenminister sitzt in Wien). Ein Pöstchen mehr und noch dazu eines, das als Platz für einen Unliebsamen, für ein Auslaufmodell wie geschaffen wäre.

Außenpolitik wird seit des Großen Bruno Zeiten in Österreich wieder ganz groß geschrieben und eher klein klein (aber doch recht erfolgreich) gespielt. Man muß kein Anhänger oder gar Bewunderer der Rasch-rasch-Anerkennung der neuen Jugo-Staaten, muß nicht mit allen Einzelheiten der Brüsseler Verhandlungen zufrieden sein - im großen und ganzen klappt es recht gut, besonders dort, wo Kreiskys Spuren noch im Sand der Geschichtswüstenei auszunehmen sind. Arafat spricht noch gerne von ihm und sogar Herr Peres ringt sich von Zeit zu Zeit ein anerkennend Wörtlein ab. Ari Rath ist da bekennender, der Peace-Now-Kämpfer Uri Avneri (ein aus Deutschland nach Israel Zugewanderter) beinahe euphorisch. Ja, Herrschaften, soweit muß man vorausdenken, will man Europa- oder gar Weltpolitik machen. Nicht heut' is' heut', sondern: Und was ist in 20 - 30 Jahren möglich?

Ich würde schon aus diesem Grund, dieser 20 - 30 Jahre-Überlegung, die österreichische Neutralität hätscheln, pflegen und um aller Herren willen nicht aufgeben.

Männer von Ehre

Ein ereignisreicher Tag. Unser Nachbar im Norden, die Bundesrepublik Deutschland, hat zwar keinen König oder gar Kaiser bekommen, aber immerhin einen Herzog. Roman heißt er und das wird den Schliesser freuen.

Man stelle sich vor - ein Bayer als Präsident. Gewonnen! Verloren hat die BRD Richard von Weizsäcker, den Mann, der alles Positive des deutschen Volkes repräsentiert(e). Bis zuletzt klopfte er der Bundesregierung, den Landesregierungen, den Behörden und Medien nahezu schul- aber meisterhaft auf die Finger, trat für Recht und Humanität ein, räumte Schutt der Vergangenheit an den Wegrand der Straße, auf der sich Deutschlands Geschichte bewegt. Ein Mann von Ehre, Bildung und Mut. Richard von Weizsäcker war nicht überall beliebt, konnte es nicht sein bei seiner Offenheit, aber er war ein Symbol und Vorbild. Ein wahrhaft freier Freiherr ohne Tadel. Präsident Herzog wird es nicht leicht haben, mit ihm gleichzuziehen, aber auch er wird den Mut haben, moralische Instanz zu sein - war er doch schon bei seiner Antrittsrede für Toleranz, Friedfertigkeit und - jetzt kommt's - weniger Verkrampftheit. Weniger Verkrampftheit, das habe ich aus Politikermund noch nie gehört, verkrampfen sich doch deren Münder am ehesten - wann immer sie sie aufmachen.

Mir fällt auf, ich habe Herrn Herzog, von dem ich nicht viel weiß, zugetraut, eine moralische Instanz zu werden und daß er es wird, ist unsagbar wichtig. Völker brauchen das. Frankreich hat davon etliche herzeigbare Exemplare, England ist derzeit damit schlecht bestückt. Amerika - ich meine die USA, da weiß ich nicht genug und alle meine aus Europa stammenden Amerikaner unterrichten mich nicht, also Funkstille ... und Österreich? Bei uns gibt es noch ein paar vereinzelte Persönlichkeiten (fast hätte ich Exemplare geschrieben), aber - sie sind alt und schon ein wenig müde. Der verehrungswürdige Alterzbischof von Wien, Franz Kardinal König, ist einer und Altbundespräsident Kirchschläger - no ja, das wär's auch schon. Dabei gab es eine Reihe von Frauen und Männern, die Persönlichkeiten waren. Aber Erwin Ringel, der Kenner der österreichischen Seele, und Rosel Jochmann sind tot, Ernst Koref ist dahin, Jörg Mauthe und der gigantische Friedrich Heer sind nicht mehr unter uns. Es besteht aber Hoffnung: Prälat Ungar, Monsignore Österreicher und Bischof Kuntner sind gestorben, aber der junge Caritas-Präsident Schüller ist auf den Plan getreten, für Rupert Gmosers Nachfolge ist gesorgt. Der Präsident des Wr. Stadtschulrates Scholz scheint mir eine Hoffnung zu werden ... ist schon eine.

Bei Alt-Tabori hab' ich mich verrechnet. Der zum 80er so Viel- und Hoch-bejubelte ist alt, Instanz - aber doch keine sehr moralische - geworden. Das wollte er auch sicher nicht. So wie es Hans Weigel nie anstrebte. Der wollte nur eines: Papst sein. Literaturpapst natürlich. Und wurde es auch. Daß ihn die hemmungslose Sigrid Löffler (nach seinem Ableben) in einem Wochenmagazin niedermachte, sollte als Adelsbrief anerkannt werden. Dabei hat er sie so geschätzt. Er meinte, sie sei eine der intelligentesten, bestschreibenden

Frauen Österreichs, die Woche für Woche ein bis zwei gute Artikel zu Papier bringt, nur - einmal im Monat müßte man ihr eine Watschn geben, damit sie sich nicht an ihrer Galle verschluckt.

Am Theater sind wir noch schlechter dran, seit ein Leopold Lindtberg nicht mehr lebt und Rudolf Steinböck ein alter stiller Herr geworden ist.

Schwamm drüber und hoffen, daß da und dort ein Pflänzchen wächst, das über kurz oder lang ein Baum sein wird, an dem man sich wird anhalten können.

Bis dahin gilt eine Methode: Was hätten der Kreisky, der Kirchschläger, der König da getan? Als Antwort auf schwierige Fragen.

Vorbilder

Karl Heinz Böhm war ein bekannter Schauspieler, der das Pech hatte, im Schatten seines noch berühmteren, dirigierenden Vaters zu stehen. Ich seh' ihn noch als Bub vor mir, damals in Graz, als ich, von der Gefangenschaft heimgekehrt, wieder begann Theater zu spielen. Zwei Berschen waren sie, der Karl Heinz und der Joschi K., der heute Landeshauptmann der Grünen Mark ist. Zwei Burschen mit dem Willen, etwas zu erreichen - und sie haben's erreicht. Aber der Dirigentensohn ist noch über sich hinausgewachsen, als er begann, das Elend in der Welt zu sehen und zu bekämpfen. „Menschen für Menschen" heißt seine Äthiopien-

Aktion, die Leben rettet. Romy Schneiders Franz Joseph ist ein wahrer Mensch geworden, zielstrebig, aufrecht, humanitär - also menschlich!

Da hatte es der Caritas-Präsident Schüller leichter, mußte er doch „nur“ das Wagnis tun, in die Riesenfußstapfen seines Vorgängers, des legendären Prälaten Ungar zu treten. Daß er sie einmal ausfüllen werde, haben ihm nicht viele zugetraut, sind doch die Schuhmaße des Karl-Kraus-Kenners L. U. enorm gewesen. Schüller hat es geschafft - und er dient, wie Ungar, aufrecht, zielstrebig humanitär.

Warum erwähne ich das? Weil ich immer wieder hören muß, daß es für unsere Jugend keine Vorbilder gäbe. K. H. Böhm, Mag. Schüller (und auch einige andere) sind aber solche. Daß sie es nicht darauf anlegen, sich als solche zu präsentieren, ist eine andere, leidige Sache. Darum haben es die „harten Burschen“, die Maulaufreißer, Vabanque-Spieler, Meinungsänderer und auf Primitivität Spekulierenden leicht.

Können Sie sich vorstellen, daß ein K. H. Böhm, ein Mag. Schüller, ein Kardinal König nach einem nur Spannung, Wirbel und Haß erzeugenden Volksbegehren rufen würde? Man muß kein Erwin Ringel sein, sondern nur ein Kenner der sogenannten „Volksseele“, um sich die Folgen ausdividieren zu können. Trotzdem wird versucht, verseucht und provoziert. Von solchen, die sich als Sprecher der von ihnen abgelehnten Nation in die Auslage stellen und Vorbild sein wollen, leider auch oft schon sind. Befiehl Du, wir folgen! (So hat einstmals auch ein Ernst Röhm gesagt, bevor ihn sein Vorbild abmurksen ließ.)

Oft steigt mir die Galle hoch, wenn ich all die grauen Mäuschen sehe, die da tatenlos zuschauen, als hätten sie die Städtenamen Rostock und Hoyerswerda noch nie gehört. Ein Glück, daß der oberste Repräsentant der Republik mahnend eingreift. Aber genügt das? Genügt das, bei all den Fehlern, die die (noch) großen Gruppierungen machen? Hat doch der Chef der Blauen (der die 3. Präsidentin des NR in Bädern von Heiß und Kalt weichkriegen möchte) die glänzendsten Beurteilungen von Leuten, auf die man zu hören gewohnt ist. „Er ist lernfähig", meint ein kaiserlicher TV-Frageonkel - „er is' eh net so arg, soll er seine Leut' z'sammhau'n, uns kann's nur recht sein!" meint ein Dritter. Einen Schmarrn, Herrschaften, Brutalität darf nicht geduldet werden. Sieht denn niemand in diesem Land, was da im Trachtenloden mit English Pipe daherkommt? Leute, die das bisher noch nicht erkannt haben, Beschwichtigungshofräte aller Couleurs mögen rasch aus den Telefonbüchern die Nummern der Herren Mauthner-Markhof, Gugerbauer und Masopust heraussuchen und zum Hörer greifen. „Hört die Signale", sang einmal ein ganzes Land - hört sie heute wieder und deutet sie endlich richtig. Wer's nicht schafft, dem kann weder die Aktion „Menschen für Menschen" noch die Caritas helfen, denn dann werden wir alle zu „Nachbarn in Not“, denen nichts übrigbleibt, als „Gott schütze Österreich“ zu seufzen. Das hat schon Schuschnigg getan - nur, g'nutzt hat's nix!

Schmerzhaftes Spenden

Nachbar in Not. Das hat gegriffen und greift noch immer. Da kommt es wieder einmal zum Vorschein, das so oft bespöttelte gute Herz der Österreicher, das goldene Herz der Wiener! Anonyme Spender sind mir allerdings sympathischer als die reklamesüchtigen Mildtäter, Nationalbank ein Wagen, noch ein Wagen - Landesregierung soundso - gut. Aber sonst? Ein Wagen Leiner, ein Wagen Clopapier ... Das ist nicht einmal Loskaufen vom Schicksal, das ist mindestens zu 80 Prozent eine relativ billige TV-Reklame - wie „Licht ins Dunkel“ und ähnliche, aber im großen und ganzen begrüßenswerte Aktionen.

Auch wir im Burgtheater sammeln für die Menschenbrüder und -schwestern aus Bosnien und der Herzegowina, für die Kroaten, Moslems und auch für die Serben. Wir haben zu helfen und nicht zu richten, keine Schuld zuzuweisen - nur unsere Menschenpflicht zu tun. Man kann nicht Richter und Samariter zugleich sein. Man muß sich entscheiden. Ich bin froh, daß die Mehrzahl der Österreicher sich für den Hilfsdienst erklären.

So trete ich gerne vor Beginn der Vorstellung vor den Vorhang des altehrwürdigen Hauses und bitte das p. t. Publikum um ein paar Scheine in der Pause. Die Kollegen gehen mit Körberln im Zuschauerraum herum und sammeln. So wie die Komödianten es früher auch tun mußten - als ihre soziale Stellung noch nicht so gesichert war, wie sie es heutzutage ist.

Ich erinnere mich, wie der große Heil- und Mundwerker Pater Leppich einen Brieftaschenzieher anschrie: Spenden muß weh tun! Nicht 50 Schilling - 1000 müssen es sein! Und damals war das sehr viel Geld. Auch der Pater Beda war ein Meister - ein Schnorrer von Gottes Gnaden. Anders als jener legendäre Wiener Schnorrerkönig Poldi Waraschitz, der nie selber eine Zeche bezahlte und immer wen fand, der ihn „frei" hielt und trotzdem ein liebenswürdiges, von allen geliebtes Original blieb. Heute, da unser Österreich ein reiches Land ist, ist die „Spezies" der Schnorrer, der „Luftmenschen" ausgestorben. Ein paar Einzelerscheinungen, wie Waluliso, sind rar geworden.

Jetzt ist die Zeit, nicht nur an sich selbst, sondern auch an andere zu denken. An die, die Opfer der Kriegsfurie wurden - von ihren „Führern" hüben und drüben in die Feuerhölle und dann in die Flucht gejagt.

Denken wir daran, daß auch wir einmal der Nachbar in Not waren, glücklich waren, überlebt zu haben, über jedes Care-Paket vor Freude heulten und uns von wurmigen russischen Erbsen und Fischkopfkonserven, die in Amerika als Hundefutter verkauft wurden, ernährten. Heute sind wir die Helfer und unsere Nachbarn die Bedürftigen. Reklame hin, Reklame her - der Zweck heiligt die Mittel.

Krötenschlucken

Erinnert ihr euch noch? Vor einigen Jahren versuchte irgendein Vorprescher in Österreich einige Autobahn-Mautstellen zu etablieren, ein Pickerl zu kleben und zweckgebunden zu kassieren.

Ei - was war das für ein Wirbel, ein Getöse und Geschrei! Am lautesten protestierte der vom Innenminister zum Verkehrsminister degradierte Herr Zimmermann aus dem uns, ach, so verwandten Bayernland. „Das dulden wir Deutschen nicht", Vergeltungsmaßnahmen, Repressalien! - So klang es aus Bonn über München bis Wien.

„Erpressung" nannten es Eingeweihte, und wir, das liebe, kleine Österreich, zog sein Schwänzchen, das vorher so mutig und tastend-testend gewackelt hat, wieder ein. Nix war's! Damals. Und heute? Heute plant Bonn eine Autobahnmaut, gegen die die Schweizer Vignette ein Ostergeschenk ist. Und wir, gutes Klima hin, gutes Klima her, wir werden meuternd, murrend und knurrend die Krot schlukken, die uns die deutschen Geldbeschaffer ins Maul stopfen werden.

Wie soll man auch laut protestieren, wenn man gerade mit Kröten-Schlucken beschäftigt ist. Da muß man doch in erster Linie drauf aufpassen, daß einem nicht das Gespeiste wieder aufsteigt. Aber so ist das: Wenn wir was tun, ist es eine Anmaßung - wenn andere Taten setzen, sind es Notwendigkeiten. Und in dieses Europa der „Gleichberechtigten“ müssen (wollen) wir eintreten. Wundert es jemanden, wenn bei uns ein bissl die Angst umgeht, wieder einmal irgendwo angeschlossen zu werden?

Diese Angst durch Festigkeit den Partnern gegenüber zu bekämpfen wäre ein dringendes Anliegen, das man der Regierung ununterbrochen auf die Regierungsbank legen müßte und legen wird. So wie man wird verlangen müssen, daß sich unsere Republik wieder um die Olympischen Winterspiele bewerben soll. Chaos à la Japan ist hier ausgeschlossen. Ich bin neugierig, wer von wem geschmiert wurde, um diesen Morioka-Skandal zu ermöglichen. Man sieht auch: Wer gut schmiert, fährt manchmal ganz schlecht. Mit und ohne abgenommenen und zurückgekauften Führerschein. Oft frage ich mich, wieso bei so viel Korruption ein Staatswesen weiter existieren kann und ob, wie einige Sumper glauben, an all den Misthaufen die Demokratie schuld ist?

Fangen wir mit Punkt zwei an. Die Demokratie ist schuld? Quatsch und Quargel! In Diktaturen wird ebensoviel, wenn nicht mehr, gestohlen - nur wird darüber nicht berichtet. Oder glaubt jemand,

Herr Göring hätte seine Rembrandts käuflich erworben und Herr Honecker seine Konten im Ausland auf reelle Weise errichtet?

Und Korruption? Ich war da vor einiger Zeit in Rom. Die Lokale sind voll, die Leut' fressen wie die Halter und schimpfen mit vollem Mund, Autos flitzen und Edelsteine blitzen. Arme gibt's viele, aber die gab's sogar in Rußland zur Zarenzeit, ob die Zaren rot waren oder Romanow hießen, in Italien sowieso und leider auch bei uns. Ich habe das Gefühl, daß die grauenvollen Zustände in Ex-Jugoslawien unsere Blicke von den Nöten einer gar nicht so kleinen Bevölkerungsgruppe in Österreich zu sehr ablenken. Da wäre eine Parole „Nachbar in Not" oder gar (das Klestilsche) „Österreich zuerst" sehr angebracht.

Ich verliere den Glauben an die Vernunft nicht, aber es fällt mir immer schwerer, das vor mir zu rechtfertigen.

Duzer

Sag' mir, wem du „Du" sagst, wer dich duzen darf, und ich sag' dir, wer du bist, besser ich sage Ihnen wer Sie sind.

Auf das „Du" gewisser Leute lege ich keinen Wert, besonders, wenn sie mit ihrem raschen „Du" hausieren gehen wie Händler im Basar. Ich kenne einen Politiker, der alle Leute duzt, der von jedem behauptet „Des is mei Freind", aber zum Begriff

Freundschaft ein eigenartiges Verhältnis hat. Der Duzer aller Leute geht sehr auf Distanz, wenn ihm einmal jemand die Meinung sagt - er, der für Meinungsfreiheit und Mitspracherecht die öffentliche Werbetrommel rührt, scheint so von sich eingenommen zu sein, daß er auch das Recht beansprucht, für andere zu denken. Der „Grüaß' di' Gott"-Volkstribun verweigert dir Blick, Gruß und auch sonst alles, weil er nicht versteht, daß du ihn nicht verstehen kannst. Nein, auf das „Du" solcher Leute kann ich leichten Herzens verzichten.

Du sagen - das ist eine Auszeichnung, ein Orden, der einen beglücken sollte.

Ich erinnere mich genau, wie es war, als mir Bruno Kreisky gesagt hat, ich möge ihn duzen. Ich bin zwei Tage herumgegangen, wie wenn ich einen Adelstitel (auf den ich keinen Wert lege) verliehen bekommen hätte. „Bruno" hab' ich zu ihm übrigens nie gesagt. Ich weiß nicht warum, Respekt wahrscheinlich, aber ich konnte es einfach nicht. („Du, Herr Kanzler", hab' ich dann gesagt.)

„Aber im Englischen sagen die Leut' ..." Das ist was anderes - das interessiert mich nicht. Ich leb' ja nicht in Amerika oder in England, d a leb' ich! Es ist ja auch ohne die Duzerei komisch genug, in diesem Land zu leben. In diesem Land, wo eine Volksabstimmung zur „Denkzettelwahl" verkommen soll, wo der Erfolg dieser Abstimmung vom gegenwärtigen Frontverlauf der Schlacht zweier Zeitungsherausgeber abhängt! Da wende sogar ich das Duwort an und sage - ah, da legst di' nieder.

Außerdem beeinträchtigt das „Du“ die Vielfalt der Sprache - besonders der aggressiven.

Jaroslav Hašek läßt seinen Schwejk sagen: „Halten Sie die Goschn, Sie alter Lausbub.“ Mit „Du“ ist der Satz nicht so distanziert, zu gemütlich. „Du bist blöd“ klingt nett, mild, aber „Sie sind deppert“ - das trifft.

Wenn in der alten Zeit zwei Leut' miteinander bös' wurden, hat einer gesagt: „Ich entziehe Ihnen das Duwort, ab heute siezen wir uns wieder“. Das „Du“ verkleinert, verharmlost, ist zu freundschaftlich, um zu treffen. „Sie Arschloch“ - das sitzt.

Seien Sie aber nicht betroffen, wenn Ihnen wer sagt: „Bist deppert worden?“ Das meint er nett und beinahe zärtlich. „San Se deppert wurn?“ - das ist hart, da weiß man, der Sprecher meint es ernst.

Da hab' ich einen gekannt (er lebt noch, aber für mich ist er gestorben), mit dem hab' ich mich geduzt. Jetzt ist er zum Faschisten oder sowas verkommen, jetzt würde ich wieder „Sie“ sagen, wenn ich noch mit ihm reden tät'. Aber ich tu's nicht. Nicht einmal „L. Sie mich im A.“ sag' ich ihm. Net amal das.

Kulinarisches

Der Regschek Kurtl - der Maler, Sie wissen - hat sich's in den Kopf gesetzt, daß ich alle seine Ausstellungen eröffne. Vorher muß er mir jedes Bild erklären, mich in Wien, Venedig und weiß Gott wo noch durch Ausstellungen schleppen und mir die Augen öffnen. Ich hab's ja nie gelernt, das Bildersehen. Theater ja, Oper auch, aber Malerei!? Leider - so ist es halt. Und nun eröffne ich Ausstellungen - präsentiere Bücher - sogar Kochbücher! Zwar weiß ich, was gut schmeckt (mir zumindest), aber kochen kann ich nur, was jeder Trottel kochen kann. Eierspeis, Letscho, Bratkartoffel (eine Weisheit aus Kriegszeiten), Butterbrot mit und ohne Schnittling - also nix.

Ich hätt's ja lernen können, beim Schmiedl Lois, dem Meister der Pannonischen Küche und meinem Kampfgenossen. Hab's versäumt! Nicht einmal den von ihm kreierten Fritz-Muliar-Rostbraten (entwickelt in Berlin in seinem Lokal, Jahre vor seiner Heimkehr nach Österreich) kann ich zubereiten.

Essen ja, da hab' ich (leider) keine Schwierigkeiten - die Leibesfülle zeugt davon - aber kochen? Ich kann nicht einmal rohes Fleisch sehen, weiß nur, wie man versalzt, nicht aber wie man richtig salzt und würzt. Saucen, ja das kann ich - essen, genießen! Beim „Bamberger Reiter“ in Berlin, in der „Pfeffermühle“ in Rorschach, im „Lutrin“ in Toulon und, ja ... in der „Barrière“ in der Wantzenau im Elsaß. Wo Saucen sämig fließen, da ist Alt-Fritzchen zu treffen. Wer mich in so ein Paradies begleiten darf, der ist mein Freund. Nur mit einer (einem), die (den) man aus ganzen Herzen liebt, geht man in „La Barrière“, verwöhnt den Mitgenießer, läßt ihn teilhaben.

Eine frisch gebratene Gänseleber (pfeif' einmal auf's Cholesterin), die im Mund zerschmilzt - mit Whiskeysauce selbstredend, kleine Nierndln in Morchelrahmsauce - also wer da nicht in die Knie geht (sinkt), verdient nicht, auf dieser Welt zu leben. Mousse au Chocolat hast du gern? Kriegst, aber nur im Österreichischen Hof in Salzburg. Gefüllte Schweinshaxeln? Im „Pied de Cochon“ bei den Hallen (jetzt Centre Pompidou) in Paris. Schlutzkrapfen in Innsbruck, Schweinsbraten beim Ludl in Groß Enzersdorf, Eisbein bei Hardtke in Berlin, gefillte Fisch - überall, nur nicht in Israel. Zu warm, zu hektisch. Dazu braucht man rohe und rote Rüben mit Kren.

Verzeiht mir, aber ich eß' auch kein Ungarisches Gulyas in Budapest. Im „Kupferdachl“ in Wien schon eher und - für Spezialisten des Gaumens gleich vis à vis vom 2. Tor des Wiener Zentralfriedhofs in Wien. Die netten Kellner im offenen Hemd und Westerl, mit sauberen Fingernägeln. Die kochen das Gulyas mindestens zwei bis drei Tage auf dem Herd. Es wird dunkel und zwiebelduftend, daß es zum Jauchzen ist. Dazu ein Handsemmerl, das, wenn man früh kommt, ganz knusprig ist und krachend zerbrochen werden kann.

Sie vermuten richtig, ich weiß auch Schinkenfleckerln, Erdäpfelsalat (beim Zimmermann in

Wien 19.), frische Ente (Schübel-Auer, auch in Wien 19.) und Mohnnudeln zu schätzen. Aber die müssen beim Renner in Nußdorf verspeist werden, denn dort werden sie noch handgewuzelt. Allein das Wort macht Appetit. Handgewuzelt!! Glauben S' net, i' könnt' a Fresser werdn, i' hab' ja sonst nix, meine Herren - sagt sogar Josef Weinheber in seinem Gedicht „Der Phäake“ und so ein Typ bin ich nicht, fühle mich ihm aber verwandt und verstehe ihn. Gut sogar. Natürlich weiß ich, wie gefährlich das Übergewicht ist - bei mir sind's zur Zeit eh' nur 10 Kilo - wie groß die Gefahr, daß sich Gefäße verpicken, aber - verzeihen Sie den Gedanken - es ist ja auch gefährlich, aufs Häusel zu gehen. In meinem Bekanntenkreis allein sind drei Personen beim Stuhlgang verschieden. (Wie sagt man so etwas auf dem Partezettel?) Man soll ja auch beim Geschlechtsakt in Todesgefahr schweben. Und - geht einer deswegen mit der Dame seines Begehrens vielleicht nicht ins Heu? Oder verzwickt er sich den Drang zur Entleerung? Nix! I wo! Also werd' ich - mäßig natürlich - weiterhin im „Mühlenkamper Fährhaus“ zu Hamburg, der freien und Hansestadt, wenn's geht, einen Hummer essen (die Art der Zubereitung überlasse ich dem Chef der Küche - er weiß, was er am besten kann) mit drei Scheren ...

Sie kennen den? Sagt einer zum Kellner: Der Hummer, den Sie mir da servieren, hat nur eine Schere. Wieso? Sagt der Kellner: Sehen Sie, so ein

Hummer hat Feinde, da wird am Grund des Meeres gekämpft - da hat dieser da eine Schere verloren. Sagt der Gast: Dann bringen Sie mir den Sieger und zwar samt Trophäe.

Sie werden, das spür' ich, itzo den Kopf schütteln und sagen: Da verhungern's in Ruanda, da darben sie im Kosovo, stierln in Brigthon in den Mülleimern und fressen in New York den Abfall der Großküchen. Ja, Sie haben recht, ich hab' auch daran gedacht und tu', was ich kann, um Leid und Not in der Welt überall zu lindern. Ich spende, trete gratis auf, sammle usw. Das ist selbstverständlich und entspricht meiner Weltschau, meiner politischen Orientierung und meinem Menschenverständnis. Aber wem hilft es, wenn ich keinen Hummer und keine Austern in der Normandie fresse? Den Hummern und Austern vielleicht - sonst niemandem! Also? Also ...!

Daheim

Brütende Hitze! Die Tage um den 25. Juni '94 sind Backofentage, wie mein Sohn Xandi immer sagte, als er noch „tlein“ war („k“ konnte er keines aussprechen). Am besten, ich bleibe im Haus so wie der Berni, der gescheite Hund, der in der Küche unter der Bank liegt, anstatt wie sonst im Garten auf der Wiese zu toben.

Ich bleibe im Zimmer, das meine Söhne, ja sogar mein Weib (!) als Museum bezeichnen, wobei ich sicher bin, daß sie das Wort Museum stellvertretend für Rumpelkammer verwenden. Ein nahezu schon burgtheaterreifes Chaos bietet sich dem Blick. Aber, so frag' ich Sie, gibt es etwas Reizenderes als ein Chaos, das aus Büchern besteht? Aus Büchern, Manuskripten, Rollenbüchern und Tonbändern, Zeitungen und „unentbehrlichen“ Kleinigkeiten (wie Talismänner und Talisfrauen, Bilder und Fotos, 304 Elefanten aller Größen und Provenienzen, ein extra für mich geschnitztes Schachspiel, bei dem jede Figur mein Gesicht trägt, auch die Rössl - ja! Mein Sohn Hans hat die Pupperln machen lassen, von einem bulgarischen Schnitzer. Jede Weihnachten ein paar Figuren, über Jahre. Ideen hatte der!).

Ich sitze an meinem Schreibtisch (altenglisch) recht unbequem, aber auf einem Sessel aus den Sesselreihen des alten Josefstädter Theaters. Reinhardts Schauspieler haben vor ihnen gespielt, vielleicht sogar Nestroy? An der Wand Bilder, Diplome, Urkunden. Da sind die Photos von Kirchschläger, Kreisky, Klestil, Mitterand - dort Kollegenphotos und Erinnerungen aller Art (z. B. ein von meiner Schwiegertochter gewebter Teppich mit dem Zeichen meiner Loge, ein schmiedeeisener Kerzenleuchter, den mir dankbare Häftlinge nach einem Vortrag im Landesgericht 1 geschenkt haben, ein aus einem Brettl geschnitzter Brieföffner aus Grottaglie - dort war ich mit 10.000 Österreichern in einem Lager als Kriegsgefangener und habe für sie Theater und Kabarett gespielt, eine Lagerzeitung herausgegeben und ich glaube, das hat ihnen und mir die Lagerzeit erträglicher gemacht.

Da - Bilder meiner Familie, der Mutter, Großeltern und immer wieder sie, ich, die Buben. Mehr kann ich nicht an die Wand hängen! Müßte sonst die venezianischen oder Bali-Masken herunternehmen, die Amulette und Buddha-Statuetterln entfernen. Die da hat mir der Willy Brix geschenkt, diese der genialische Norbert Pawlicki.

Mein Museum? Nein, mein Arbeitszimmer! Hier habe ich mit Pinchas Lapide über sein Buch „Mit einem Juden die Bibel lesen“ diskutiert. (Das mir von seiner Frau versprochene Bild hab' ich bis heute nicht. Aber was sind zwei Jahre schon für einen Alt-Testamentler?) Hier sitzt mein Freund Georg immer und wir stimmen Sonntag für Sonntag die Termine ab und wundern uns, daß man weniger arbeiten, aber dafür mehr Steuer zahlen kann ... Hier steht der eigenartige Telefonapparat, den mir Vera Kreisky mitgebracht hat; da hängt ein wunderschöner Christuskopf, den mir Freund Sowinetz - er war ein ebenso glänzender Maler wie Schauspieler - geschenkt hat. Ein elfenbeinerner Buddha, nicht groß aber würdig, ein Zinnsoldat aus London, die Vitrine mit Ritualschmonzes - mein Gott, ich weiß, nur ich kenn' mich da aus. Der goldene Rathausmann, den der Loyalty-Club des Dr. Fellner - er war viele Jahre unser Hausarzt, ja, das gab es einmal - verliehen hat, der Liebe Augustin der Faschingsgesellschaft und - kurios - eine Rose aus rosafarbenem Stoff, sie leuchtet wie eine echte, sie duftet nicht, aber sie erinnert mich und gibt Ruhe, Hoffnung und Vertrauen. Wie das Bild vom Pappelteich von Mauer, das neben der Photographie meines Gefängnisses in Auxerre hängt.

Erinnerungen? Weggenossen, Meilensteine - sie werden sie in den Mist schmeißen, wenn ich einmal nicht mehr da bin. Sollen sie, denn ihnen können sie nichts bedeuten - mir sind sie wichtig. Also wird mein Zimmer eine Rumpelkammer bleiben. Hoffentlich noch lange.

MIR SIND SIE WICHTIG

Hans Gabor (gest. 4. September 1994)

Hans Gabor ist schon zu Lebzeiten eine Legende. Der Gründer und Langzeitdirektor der Wiener Kammeroper leitet ein privates Opernhaus. An seinem Haus begannen viele Karrieren und nur wenige enden dort. Meine zum Beispiel.

Er, Gabor, holte Tabori nach Wien, denn auch der heute 80jährige Guru stammt wie Gabor aus Ungarn und da gibt es keine Sprachschwierigkeiten. Wie sagt doch Georg Kövari? Ein Ungar kommt selten allein.

Mich holte Gabor für die Aufbereitung einiger Alt-Wiener musikalischer Kostbarkeiten wie „Othellerl, der Mohr von Wien“, „Der Barbier von Sievering“, „Kabale und Liebe“, aber auch für die Wagner-Parodie „Die lustigen Nibelungen“ und Offenbachs „Prinzessin von Trapezunt“.

Hans Gabor hat, wie man so sagt, den Blick, findet aber immer, wenn auch oft verspätet, Anerkennung und Bestätigung. Als wir Othellerl spielten, schrieb eine Kritikerin abschnalzerisch von unnötiger Exhumierung des Stückes. Als das Othellerl später auf dem Lusterboden des Burgtheaters aufgeführt wurde und dann als Notprogramm sogar im großen Haus gezeigt wurde, schwärmte sie von „rarer Kostbarkeit“. Ja, Gabor hat's halt früher gewußt.

Paul Blaha

Ein Buch wurde Ende März im Café Bräunerhof in Wien 1. vorgestellt. Der Theaterkritiker und Ex-Volkstheater-Direktor Paul Blaha präsentierte seinen zweiten Roman: Die Hinterbliebenen. Ein mitreißendes, mich faszinierendes Buch. Blaha, in Maribor Mitte der 20er Jahre geboren, ist ein meisterhafter Schilderer, Analytiker und - das sei besonders erwähnt - ein mutiger Autor! Nicht daß er sich mit wem anlegen würde, aber er nennt die Dinge beim Namen, teilt aus und läßt merken, wie er leidet, leidet an der Konzeptlosigkeit und Verbürgerlichung seiner Partei der Sozialdemokraten, leidet am ungezügelten Ausbruch des Neofaschismus und Antisemitismus, leidet an der eigenartig verfehlten Kulturpolitik der Bundeshauptstadt, leidet an der Gleichschaltung der Theater, der Germanisierung unserer Staatsbühne, entlarvt, schimpft und - trauert.

Hautnah erleben wir noch einmal den Golfkrieg, das Versagen der USA dem Irak gegenüber, die Lügen General Schwarzkopfs und den durch die „Anerkennung geförderten Bruderkrieg am Balkan“. Plastisch treten uns Personen wie du und ich entgegen - ein Querschnitt durch die Bevölkerung Wiens. Es ist erfreulich, ein sehr österreichisches Buch, das in leicht wienerisch angefärbtem Deutsch geschrieben ist, in der Hand zu halten - auch wenn von Kartoffeln statt von Erdäpfeln geredet wird.

Man sitzt mit Blaha im Gutruf, im Zartl, im Bräunerhof, neben ihm im Burgtheater und in „Kneipen", auch wenn die Wirtshäuser etwa „Gmoakeller" heißen.

Ich habe das Buch in zwei Tagen gelesen und es interessiert mich nicht, was Frau Sigrid Löffler und Herr Reich-Ranicki sagen würden, wenn sie es läsen. Mich hat es mitgenommen, beeindruckt und (leider) auch - erschüttert. So ist unsere Welt? Sie ist so, sagt Blaha, und ich weiß, daß er recht hat.

Paul Angerer

Kennen Sie Paul Angerer? Ja, den aus dem Pasticcio, den, der der Chef der Haydn-Gesellschaft ist - der mit dem Bart und den großen, lustigen und so klugen Augen. Vor einigen Tagen habe ich ein Konzert - ein Konzert des Concentus Musicus, geleitet von Paul Angerer, besucht. In der Steiermark würde man sagen: Es woar wia a wormer Regen.

Angerer versteht es, einem das Gefühl zu geben, daß man sein persönlicher Gast ist, bei ihm zuhause zuhören darf, wie er und seine Leute auf alten Instrumenten musizieren. Ein Fagott aus dem Jahre 1740, alte Blasinstrumente und eine - Viola d'amore. Wenn Angerers Sohn diese Saiten streicht, versteht man, warum dieses Prachtstück der Geigenbaukunst „Viola d'amore" heißt. D'amore! So zart, so fein, so vielfältig. Wunderbar!

Paul Angerer leitet jede Pièce mit einer kleinen Erklärung ein, macht dem Publikum alles leicht verständlich und erzählt aus dem Leben des Komponisten.

Er erzählt, daß der Freimaurer Haydn eine Komposition für ein Orchester niederschrieb, das nur aus Freimaurern bestand und für ein Publikum spielte, das sich ebenfalls aus Freimaurer-Brüdern rekrutierte. Laien-Orchester! In Paris war das - Liebhaber-Orchester hört Angerer lieber und ich stimme ihm zu. Dilettare war damals nicht anrüchig, einen Dilettanten im heutigen Sinn - den gab es damals nicht. Ein Habsburger komponierte, der große Preuße Friedrich spielte die Flöte, Marie-Antoinette spielte noch in ihrer Kerkerzelle auf einem kleinen Tasteninstrument. Dilettanten! Ja, aber was für welche!!

Heute hocken sich Adepten der Musik vor die Yamaha-Orgel, spielen mit zwei Fingern ein Melodiechen, den Rest macht das Instrument. Scheußlich.

Angerers Damen und Herren exekutieren Schuberts 5. Symphonie - in kleiner Besetzung, ich habe sie zart, so zu Herzen gehend, nie vorher gehört. Der Paul ist mein Harnoncourt. Immer ein bissl anders als man's gewohnt ist, aber unpretenziös, schlicht, ohne Schnick und ohne Schnack.

Wir waren miteinander einmal an der Burg in einem Nestroy tätig - Angerer schenkte mir einen Leuchter aus grünem Glas. Den hat er selber gebastelt. So eine Art Windlicht. Die Kerze im grünen Glas leuchtet so mild, so beruhigend, so erhellend wie seine Musik klingt. Leuchtend, mild - Angerer halt.

Gregor von Rezzori

Nun ist auch er 80 geworden, der Mann, der den Deutschen als Inbegriff des Österreichers hingestellt wird und der so gerne ein „deutscher“ Dichter geworden wäre. Gregor von Rezzori, Lebemann und Ouvertüren-Bonvivant, in der Toskana hausender Tag- und Nachtmensch, usw.

Rezzoris großes Verdienst ist es, daß er durch List und Tücke, wohl in der Hoffnung, daß man ihm das nie wird vorwerfen können, den jüdischen Witz vor dem Eingriff des Dritten Reiches bewahrte. Wenn er auch gut daran verdiente - eine Tat, des Lobes wert, war das sehr wohl.

Was ihm, dem bekennenden strammen Antisemiten mit jüdischen Freundinnen und Freunden (Memoiren eines Antisemiten), Geld und Ansehen brachte, war eine Rettung der besonderen Art. Kein Hermelin von Tschernopol oder ähnliches haben ihn so in aller Munde gebracht wie seine „Maghrebinischen Geschichten“. Dabei war alles ganz einfach, aber nur ein intimer Kenner der Situation konnte diese richtig einschätzen. Der Herr von Rezzori nahm ganz einfach gute alte jüdische Witze (die plötzlich niemand mehr kennen durfte!), zog ihnen ein tarnendes Mäntelchen an, verlegte die Handlung von Polen nach Maghrebinien (wo immer das liegen mag), machte aus dem weisen Rabbi einen muselmanischen Lehrer und fertig war das Gekochte. Der Bart konnte bleiben, nur die Kopfbedeckung wurde changiert. Klug, was? Hätte einer damals gesagt: Aber das ist doch ein alter jüdischer Witz - hätte man ihn gefragt, wieso er das wisse. Vielleicht ist er selber oder so, oder er hat Freunde, die - also sei er ein Weißer Jude oder wie der ganze gemeine Blödsinn geheißen hat. Rezzori also fabulierte nicht, erfand nicht, er erzählte nach. Geschickt, flüssig, charmant - aber so sind sie ja oft, die blendenden Ganovim. Fazit: Ihm brachte es Geld, uns erhielt es den jüdischen Witz, der allerdings nie mehr ganz loskam von seiner maghrebinischen Verkleidung.

Nun erhält der 80jährige vom Wiener Bürgermeister (dem väterlichen Freund des Rechtspolitikers Jörg Haider) das Ehrenzeichen der Stadt in Gold. Überreicht wird die Auszeichnung in einer Bar der Wiener Innenstadt, die als Treffpunkt der Schickeria (eine rezzorische Erfindung) in die Geschichte der Stadt eingegangen ist. „Da sitz' ma in der Eden und reden" - sangen Qualtinger und Bronner vor Jahren, als der Papa noch alles richten konnte. „Wien ist anders" heißt ein Werbeslogan der Bundeshauptstadt - und es ist es wirklich.

In einem reizenden Artikel schrieb jemand nach dem Debakel deutscher Fußballmannschaften gegen

Austria Salzburg: Ihr lieben Österreicher, was sticht Euch so? Wie hat Wien reagiert? - Gar nicht! Denn was schert es den Mond, wenn ihn die Hunderln anbellen! Stechen tut uns, daß der Rezzori einen Orden kriegt - in einer Bar. Denn wir haben halt noch das Gefühl fürs Hehre und Würdevolle - für Tradition und Größe. Sagt Böses zu uns, es rührt uns nicht, glaubt daran, daß wir Fußballzwerge sind, daß wir ein zitternder Kleinstaat wären, daß wir uns kränken, weil wir die Piefkes in der Hochsaison bedienen müssen - aber glaubt nicht, daß es uns wurscht ist, ob der Herr Rezzori ausgezeichnet wird oder zum Bar-Mitzvah-Buberl degradiert wird.

Ein Land, das 1000 Jahre alt ist, das der stolze Rest (e ça qui reste, c'est l'Autriche - Clemenceau) eines riesen Reiches ist, eines Reiches, das 11 Nationen, 6 Religionsbekenntnissen und 13 Sprachen Heimat war, stößt sich nicht an bunten Anwürfen, an Hohn und Spott - uns stört heimatliche Taktlosigkeit und Mißachtung der Noblesse, wenn sie vom eigenen Land kommt, viel mehr. Selbst wenn es sich nur um den Autor der „Maghrebinischen Geschichten" handelt.

Lutz Hochstraate

Was hat der Lutz, was ich nicht habe? Keine Angst, ich bin nicht unter die Reklamemacher gegangen, ich erzähle von Lutz Hochstraate - Intendant des Landestheaters in Salzburg und mein Freund!

In einer sehr schwierigen Lage - ich hatte zum erstenmal das Burgtheater verlassen (Protest, Pension, Hilflosigkeit) - war Hochstraate in mein Leben getreten. Er wollte mich, der ich ziemlich in der Luft hing, engagieren, als Gast nach Salzburg holen. Und tat das in so reizender Weise, daß ich mich im Augenblick nahezu geborgen fühlte.

Was ich spielen wolle, wie ich mir eine Zusammenarbeit vorstelle? Ja, noch einmal den Jakobovsky - in der Burg hatte ihn gerade mein Freund Sowinetz gespielt - in Erinnerung an eine unvergeßliche Tournee mit Ernst Meister und Dany Sigel. Wir wurden rasch einig und ich hatte wieder eine Heimat - eine künstlerische Heimat, mein' ich natürlich.

Quartier im hübschen Dachappartement im Lasser-Hof, Proben im Bunker - mit Kollegen, die ich alle mochte. Der auch nicht ganz freiwillig aus dem Burgensemble ausgeschiedene Wolfgang Pampel als Oberst Sterbinski, Hanne Rohrer als Madame, Ilse Hanel und - Peter Pikl, in den ich mich nachher „verlieben“ sollte - na net, was Sie glauben, nein, aber der und die Seine sind Schätze, die man Tag und Nacht abbusseln sollte. (Wieso den noch niemand an die Burg geholt hat?) als Pfeifendeckel Sabuniewitz.

Ein gutes Team, Wolfgang Glück als Regisseur und - Salzburg.

Salzburg im Normalzustand, als Stadt ohne Schicki-Micki-Aufputz, als Weltfestspielstadt Nr. 1 im Winterschlaf. Also Winterschlaf, das ist es nicht. Denn da geht das Leben ganz schön weiter, gar nicht provinziell (wo gibt's heute noch Provinz? Wer da blöd herumredet, kennt die Realität nicht) und äußerst lebhaft - nur eben nicht so laut, so marktschreierisch. Machen wir's kurz - ich hab' mich auch in Salzburg Hals über Kopf verliebt.

So wie Graz mich nach dem Krieg und nach der Kriegsgefangenschaft liebevoll aufgenommen hatte, so tat es jetzt in einer sehr depressiven Phase meines Lebens Salzburg. Ich kannte als alter Festspieler die Stadt schon ganz gut, aber jetzt lernte ich sie erst kennen. Die Gassen, die Märkte, die Kirchen und Geschäfte und - die Menschen. Menschen, selbstbewußt von einer fast barocken Freundlichkeit - leicht distanziert am Anfang, also nicht anschmeißerisch - herzlich.

Mit meinem Garderobier, dem lieben Pepi, dem das Leben auch nicht leicht gemacht wurde, hatte ich Glück und das ist für einen Schauspieler sehr wichtig. Der „Ankleider", wie er im Norden heißt, ist nicht nur Helfer, er ist - d. h. sollte es sein - Vertrauter, Partner, Freund.

Ich fuhr viel mit dem Auto durch die Gegend damals. Die Fageralm, die Ehrentrudis, bissl rüber ins nette Laufen in Oberbayern, wo der reizende Apotheker Fuchs Pillen dreht und Gedanken wälzt - sehr zum Vorteil der Menschheit.

Mit behutsamer Hand führte mich Lutz Hochstraate auf den im ersten Moment ein wenig glatten Boden des Salzburger Kulturlebens und ließ erst los, als ich Tritt gefaßt hatte. Guter Psychologe, der Lutz - und das soll, ja muß ein Theaterdirektor (das Wort Intendant schmeckt mir nicht - wieso? Ich weiß es nicht) sein.

Ich habe Salzburg immer gemocht, seit ich es näher kenne, bin ich ihm verfallen. Das Rupertinum, das Mozarteum, das Marionettentheater, die liberalen „Salzburger Nachrichten", in denen ich viele Jahre meine Meinung zum Tagesgeschehen veröffentlichen durfte (Dr. Ritschel sei Dank! Heute noch), alles gefällt mir, entspricht mir, ist mir zur zweiten Heimat geworden. Ob ich mit der geliebten Julia Gschnitzer Theater spielte, mit dem komödiantischen Peter Branoff und anderen Regie machen konnte - es war immer ein Zauber um all das Tun, ein Zauber, den ich nicht erklären aber sehr gut fühlen konnte. „Wiener Blut" hab' ich inszeniert in den bunten, fröhlichen Bildern der Maxi Tschunko, den Knieriem hab' ich gespielt, Turrinis „Maria und Josef" - warum schreibt der Turrini nicht noch so ein handfestes, klares und Überzeugung verbreitendes Stück? „Es" von Karl Schönherr hab' ich regielich betreut. „Es" - ein wunderbares Stück, subtil und überhaupt nicht „altmodisch". Könnte in der heutigen Zeit spielen, man muß nur die Tuberkulose gegen Aids austauschen. Und ich habe mit „meinem" „Sibirien" das

Publikum ins Haus gelockt. Es war ein herrliches Gefühl ...

Viele Leute sagen, der Hochstraate hat mit mir einen guten Fang getan. Ich aber mit ihm auch. Der sehr verinnerlichte Deutsche ist mein Freund und ich bin gern der seine.

Bruno Marek

Ich habe ihn geliebt wie einen Vater, verehrt wie einen alten Lehrer, gemocht wie einen guten Freund, der er mir war. Bruno Marek - Bürgermeister und Ehrenbürger der Stadt Wien - ein Wiener wie er im (Traum-)Büchl steht. Elegant mit dem Charme eines Großbürgers und der Direktheit eines Fiakerkutschers, war er der Liebling der Wiener. Jedem hat die Hand gereicht, wie der Dr. Lueger, jedem zweiten einen Zwanziger in die Faust gedrückt. Er war höflich und eloquent, bürgerlich und volksnah. Bruno Marek, der Sozialdemokrat mit dem glühenden Draht zum Abt des Schottenstiftes und der Verehrung für den Kardinal von Wien, den großen Franz König - den Versöhner und kämpfenden Begreifer.

Bruno Marek war vieles. Gelernter Kaufmann, Gewerkschafter, Bezirksvorsteher, Präsident des Landtages, Bürgermeister und genialer Interpret von Geschichten, Histörchen und Witzen (besonders jüdischer). Die Reichen, die da vorkamen, hießen alle Baron Dukatenzähler, die Armen

Nussenblatt und Rosenbaum. Marek behauptete, daß ihm sein erster Chef - ein jüdischer Devotionalienhändler in der Neubaugasse (Wien 7.) - Messgewänder, Kelche, Monstranzen; zu Jom Kippur und anderen hohen israelitschen Feiertagen geschlossen - die Interpretation von Lozzelachs beigebracht hätte.

Als 1916 Franz Joseph I. im Leichenwagen von Schönbrunn zur Hofburg und dann in die Kapuzinergruft zum letzten Mal durch die Mariahilferstraße fuhr, stand Bruno Marek, der Paradegoi der Firma, mit den Chefs und den anderen Angestellten im Spalier. Der alte Chef weinte und Marek, damals schon jugendlicher Sozialdemokrat und Gewerkschafter, meinte: „Was weinen S' denn, Chef, des is' ja ka Verwandter." Darauf der alte Handelsmann: „Bruno, das verstehst du nicht. Glaub' mir, da wird das Glück der österreichischen Juden zu Grabe getragen."

„Unrecht hat er nicht g'habt, mein Chef", sagte Marek oft mit einem traurigen Lächeln.

Als Marek auf Wunsch seines Nachfolgers resignierte, hat man ihn seitens des Rathauses elendiglich behandelt, materiell und menschlich. Er war tief gekränkt, deutete an, wollte aber nie darüber reden. Ich will es ihm gleichtun und - schweigen.

Ich besuche sein Grab sehr oft - er liegt ja, bequemerweise, nicht weit von Bruno Kreisky entfernt, gleich bei der Präsidentengruft vor der Luegerkirche am Zentralfriedhof.

Meine Deutschen

Wer hat noch nicht vom Westfälischen Frieden gehört, wer weiß nicht, wo die Weser fließt? Ich! No ja, das mit dem Frieden - schon in der Schule halt, aber die Weser? Höchstens am Rande - Schillersche Offiziere und so. Ich wüßte nicht einmal, daß es eine Porta Westfalia gibt und der Teutoburger Wald war mir immer ein Horror.

Dann aber - Theatertournee durch die alte Bundesrepublik Deutschland - noch zu Willy Brandts Zeiten. Pochta (so hört sich Porta an, wenn die falen Westler das aussprechen) - Hermann, der Cherusker, an den ein schiaches Denkmal erinnert und endlich - Minden in Westfalen. Minden - da haben wir gast-rolliert in einem hübschen Theater, in einem passablen Hotel gewohnt und wurden empfangen.

Es waren zwar „nur" der Ernst Meister, die Dany Sigel und ich angereist, aber der Empfang war fürstlich.

Ein uns bis dahin Unbekannter lud uns zum Mittagessen. Spargel gab's mit Sauce Hollandaise, Fisch etc. Der Gastgeber erschien mit großem Anhang - die schöne Frau, die wohlgeratene Tochter und Mami - die flotteste 80jährige des Landes Nordrhein-Westfalen.

Man sah sich, taxierte sich ab, schätzte und - hatte Feuer gefangen. Sieh an, da war ein Mensch gleichen Geistes, gleichen Fühlens, gleicher - nein,

Meinung weniger, denn der Herr Gastgeber war sichtlich Kapitalist und fühlte auch wie ein solcher. Da ich das nicht tu' und will, war das Schlachtfeld für die nächsten Tage abgesteckt. Also weniger Schlachtfeld, vielleicht mehr der Turnierplatz. Der Hans und ich als Turnierritter? Wer bricht die Lanze für was und für wen? Nach vielen Jahren wissen wir es beide nicht mehr.

Immer wieder, wenn ich tournierend in die Gegend komme, wohne ich bei den Bradtmüllers im gemütlich-putzigen Haus - Hans und Edith fragen auch immer, ob sie, wenn sie Gäste haben, diese in „meinem" Zimmer einquartieren dürfen. „Mein Deutscher" eilt mir bis Hannover entgegen, zweimal hab' ich ihn sogar nach Berlin locken können, einmal nach Salzburg, ja sogar in mein Haus in Groß Enzersdorf bei Wien.

Der Kerl muß sich jedesmal überwinden, eine Reise anzutreten, aber dann genießt er es doch sehr. Er hat mich in Stuttgart besucht, wo ich mit dem Stuttgarter Rundfunkorchester unter Ingo Metzmacher Strauss' „Bürger als Edelmann" aufgenommen habe. Hans erwies sich auch hier als verstehender Zuhörer und Schätzer guter Küchen. Wir haben einträchtig mehrere Teller „Maultaschen" verspeist und dann vollen Magens die halbe Nacht diskutiert. Da er von Graphik so wenig versteht wie ich, sind wir aus der Picasso-Ausstellung geflohen. Schande? Vielleicht, aber zu zweit erträgt man sie auch nicht.

So hat sich eine Freundschaft über viele 100 Kilometer Entfernung entwickelt, die durch sonntägliche Telefonadrenalinstöße am Leben erhalten wird. Ich hab' das Gefühl, er braucht mich, ich brauch' ihn - ich seh' ihn zuwenig, aber das ist wahrscheinlich gut so.

Eindrucksvoll die Erinnerung an einen gemeinsamen Besuch in Bergen-Belsen, ein Spaziergang und die Abende (nach Vorstellungen) im Hause Bradtmüller mit Freund Janisch und Dany Sigel. Michl und Hans sind so verschieden, daß sie sich schon darum gut verstehen. Mein Micherl ist riesig groß, laut, offen und lustig polternd. Hans eher still - er lacht meckernd und ist kein Riese. Ich mag sie beide, diese Kerle, und am liebsten hab' ich sie, wenn sie mit mir gemeinsam an einem Tisch sitzen und - wie Hans sagt - ein Glas „schönen Wein" trinken. Michel grinst mir zu und flüstert: A guata war ma liaba.

Mögen sie beide gesund sein, werden, bleiben. Der immer anfällige „Angoraprinz" (no ja, H. B., der abgehärtete Germane, hüllt sein Körperl in Angorawäsche) Micherl hat eine Operation seines großen Herzens gut überstanden, die Voraussetzungen für ein hohes Alter sind also gegeben.

Toi, Toi, Toi und Masseltov!

Griechische Erinnerung

Es wird Abend. Ich sitze auf der Terrasse meines Hauses, der Margaritenbaum blüht, der Oleander knospt gewaltig. Ich hab' ihn aus Griechenland mitgebracht, vier Zweigerln in ein feuchtes Tuch gewickelt und im Koffer transportiert. Zwei Vorträge habe ich in Athen gehalten, der Österreichische Botschafter Dr. Strasser hatte mich eingeladen. Dr. Strassers Gattin, Frau Lisl, betreute uns (mein jüngster Sohn Martin war mein Reisebegleiter) und zeigte uns Ecken und Plätze in Athen, die ich noch nicht kannte. Den Omonia-Platz, die Akropolis - das kennt jeder, aber die Nebengasseln mit den Fischläden, die kleinen Gewürz- und Gemüsemärkte (für Leute, die dort in der Umgebung wohnen), die findet man nur, wenn Kundige einen dorthin führen. Obwohl die Stadt brodelt und tobt, findet man ruhige Plätze und Orte der Stille. An einen hat uns Frau Strasser gebracht, wir tranken dort Griechischen Kaffee, der bei uns Türkischer heißt, aber wenn man in Griechenland einen Türkischen verlangt, riskiert man, daß man hinausgeworfen wird. Nein, sie haben die Türken nicht sehr lieb, die Hellenen. Aber wir tranken Kaffee und ich staunte über den Oleander, der trotz der berühmten schlechten Luftqualität der griechischen Hauptstadt prachtvoll blühte.

Nehmen Sie sich einen mit, meinte die Gastgeberin und brach einige Zweigerln ab, wickelte sie in ein feuchtes Tuch, steckte das alles in eine Silberfolie und die Chose war transportfähig. Und überlebte, obwohl mein Koffer, am Flughafen mit Vorzugsbehandlung (CD) abgefertigt, irgendwo aufgebrochen wurde, mein Photoapparat gestohlen, und der Koffer über Beirut statt direkt nach Wien-Schwechat geleitet wurde. Zwei Tage später erst ist mir das reiselustige Gepäckstück zugeleitet worden - und siehe und staune, der Oleander war da. Bissl trocken, bissl dürr, aber - da war er. Also hinein in ein Einsiedglasl und nach einer Woche waren zwei Stammerln endgültig kaputt, zwei aber hatten Wurzeln gebildet. Kurz gesagt, ein Zweigerl überlebte, wurde stark und fett und blüht heuer zum dritten Mal auf der Terrasse. Bald werden wir das große Garteng'schirrl, in dem der griechische Gast steckt, gegen ein größeres austauschen müssen.

Ich denk' mir oft, daß die Damen und Herren, die Ausländer dezidiert ablehnen, gegen solche Fremdlinge nichts einzuwenden haben, stehen sie doch still und stumm und nur Freude bereitend in der Gegend herum.

Mein Grieche in Niederösterreich ist aber mehr als nur Erinnerung an Lisl Strasser, die kurz nach unserem Besuch bei einem Autounfall in Piräus tödlich verunglückte. Erinnerung an einen großen Menschen, dem ich Dankbarkeit beweise, indem ich meinen Griechen hege und pflege. So habe ich die Dame immer in meiner Nähe, die Erinnerung parat. Sein Blühen erinnert mich an ihr Lachen und an einen Abend in Athen, an dem die ganze Familie beisammen war und sich auf die Heimkehr nach Österreich freute. Griechische Tragödie? Schicksal - ach was, nicht nachdenken - nur danke sagen.

Johannes

Johannes Schauer war viele Jahre lang mein Garderobenkollege und Bühnenpartner. Man sagte, wir würden uns gut ergänzen. Wir mochten uns auch als Menschen und waren Freunde bis zu seinem Tod. Hannes war im Krieg Offizier gewesen und hatte Feldmütze und Dolch in seinem Arbeitszimmer hängen, erzählte oft von kriegerischen Erlebnissen, aber - er mochte den Krieg nicht. Da trafen wir uns.

Anläßlich eines Rußland-Gastspiels - wir spielten „Liebesgeschichten und Heiratssachen" von Nestroy in einer flotten, stimmungsvollen Inszenierung von Leopold Lindtberg - landeten wir in St. Petersburg, das damals noch Leningrad hieß. Hier wollte mein Johannes unbedingt in den 30 Kilometer vor Leningrad liegenden Ort gebracht werden, in dem er als Artilleriebeobachter stationiert gewesen war. Er insistierte so lange, bis man ihn in ein Auto stopfte und auf den riesigen Heldenfriedhof der Stadt führte. Eine Million Menschen, so sagte man, sind hier beerdigt - das zu sehen ist wichtiger als den Ort, an dem Sie als Soldat gewesen waren und den es im übrigen gar nicht mehr gibt. Hannes akzeptierte, wie es seine Art war. „Wir, Fritze, wir sind die Sieger dieses Krieges - wir, die wir überlebt haben. Tote nennt man Helden, aber die Sieger sind nur die, die überlebt haben. Auf beiden Seiten." Er verschwieg mir zwar, daß das ein Gedankengang aus Zuckmayers „Teufels General" war, aber mir war das damals in Leningrad ziemlich wurscht.

Abends brillierte er als Marchese Vincelli (für den er die vielbegehrte Kainz-Medaille erhalten hatte). Nachher beim Wodka war er zufrieden und trank auf „unseren" Sieg.

Wir waren in Tel Aviv miteinander, in Jerusalem - redeten nicht viel, verstanden uns auch so. Er wurde krank - Herz, Nieren, magerte ab - besuchte mich noch einmal in unserer Garderobe im Akademietheater, war still, zu still. Er wußte - seine Frau, die er sehr liebte, wußte - ich wußte. Man sprach nicht drüber - er lächelte verlegen - nahm Pulver, umarmte mich. Er fehlt mir sehr. Fehlt mir wie der Sowerl, der Quasi - sie fehlen nicht nur mir, sie fehlen dem Theater. So was kommt nicht wieder. Ähnliches vielleicht, aber nichts Gleichwertiges.

Walter

Können Sie sie noch zählen, all die, von denen Sie einmal sagten: Der, die, das sind meine Freunde. Am Ende des Weges bleiben eine Handvoll übrig -

wenn Sie Glück haben; nicht jeder, der einen eine zeitlang begleitet, ist ein Freund, nicht jede, die man geliebt hat, bleibt eine Freundin.

So wie wir mit dem Duwort herumschmeissen, so gedankenlos nennen wir viele einen „Freund". Schulfreund nennt der Johannes Mario Simmel den, der mit einem in die Schule gegangen ist. Mir ist Schulkamerad lieber, es war ja auch bei Gott nicht jeder Kamerad bei den Soldaten ein Freund.

Wenn ich so nachdenke - no ja, da waren die drei bis vier Buben meiner Kinderjahre, einige Mädchen waren auch dabei.

Geblieben ist die Erinnerung an Walter Shanon, mit dem ich von der Volksschule an verbunden war. Sonnenstein hat er geheißen, fesch war er, frech war er, sein Vater hatte in der Kaiserstraße im siebenten Bezirk von Wien ein Kleidergeschäft. Walters Bruder Erich war damals ein verraunztes, Palatschinken verschlingendes Zezerl. Heute ist er Pensionist, liebenswert, gebildet und - Amerikaner. So ist das Leben! Ihn hat es nach L.A. verschlagen, Walter starb in Haifa, ich bin noch immer in Wien. Schicksal, Fügung, Bestimmung - Zufall? Wie man es sehen will.

Mit Walter und Erich lebte ich stets in enger Verbindung. Da war die Schule einerseits und unsere Eltern waren „befreundet"; man besuchte sich gegenseitig, verbrachte Sommerferien gemeinsam, ging gemeinsam ins Theater und veranstaltete Landpartien, die ganz einfache Ausflüge waren.

Wir Buben waren unzertrennlich, bis in Deutschland die Hakenkreuzbanner gehißt wurden. Da reisten die Sonnensteins klugerweise aus und wurden zu Shanons. Unsere Verbindung riß nie ab - nur im Krieg hörten wir nichts voneinander. Nach dem Entsetzlichen wurde wieder korrespondiert und Walter kam mit Familie (2 Söhne) nach Wien, seiner alten, unvergessenen und kurioserweise noch immer geliebten Heimat. Die Beziehung der Buben wurde eine Männerfreundschaft bis zu Walters Tod.

Sein jüngster Sohn war als Froschmann der israelischen Marine im Golf von Akaba von einer Tauchübung nicht mehr zurückgekehrt. Walter, der den Jungen veranlaßt hatte, Marineur zu werden, gab sich die Schuld an seinem Tod, wurde schweigsam, nahezu stumm und - erkrankte an Krebs. Unser Kontakt intensivierte sich, er kam immer Weihnachten zu mir und „nach Hause“, wie er sagte, ich besuchte ihn oft in Israel. Einmal sagte er mir: „Du, jetzt dauert's nicht mehr lang, besuch' mich noch einmal, bevor ich geh'.“ Ich versprach's. Ein Telefonanruf: „Komm' rasch, es ist fast soweit.“ Aber ich konnte nicht. Spielte in Salzburg und war unabkömmlich. Ich hab' ihn angerufen. Er: Ich wart' auf dich.

Am Tag nach der letzten Vorstellung flog ich hinunter. Er, mager, konnte nicht mehr laut sprechen. Bist ein Freund, ein guter Freund, flüsterte er. Ich blieb Stunden bei ihm, wir hielten uns bei der Hand und - schwiegen. Als ich ging, sagte ich zu seiner Frau Ruth: Morgen um 15 Uhr komm' ich. Er schüttelte verneinend den Kopf. Als ich dann am nächsten Tag um 15 Uhr kam, fuhr die Ambulanz gerade von seinem Haus weg. Er war um 14.40 Uhr gestorben.

Beim Begräbnis am Karmel-Friedhof sagte David Rosner, sein Cousin: Er war seit Monaten tot, er hat mit dem Sterben nur auf dich gewartet. So war es wohl - Freundschaft eben, Freunde fürs Leben - bis zum Tod.

Sowerl

Mein Sohn Hans war vier Jahre alt, er und ich wohnten nach meiner Scheidung wieder im 7. Bezirk in der Kandlgasse, wo ich geboren wurde, bei meiner Mutter. Einmal, wir hatten eine Nacht durchgezecht, kamen Kurti Sowinetz und ich um 6 Uhr früh nach Hause. Mutter machte ein Frühstück und befahl dem Sowerl: Kurti, du bringst den Hansi in den Kindergarten, ja? Kurt und Hansi marschierten los. Kurt kam wieder und legte sich - endlich - auf den Diwan. Als Hansi um halb eins wiederkam, war seine erste Frage: „Ist der Kurti da? Ich hab' ihn mit Mühe zum Kindergarten gebracht - hat er heimgefunden?"

Hansi hat sein Önklein Kürtlein sehr lieb gehabt. Ich übrigens auch.

Gerhard und die anderen

Mein Leidensgenosse bei der Feldstrafgefangenenabteilung (FS 18) der Luftwaffe hieß Gerhard Richter - aus Dresden stammte er, war Kosmopolit, viersprachig, gebildet, reich, homosexuell und Nazigegner; er hatte nur eine Niere.

Wir arbeiteten Spaten an Spaten, zogen Stolperdraht, fällten Bäume, schleppten sie zur Baustelle. Vor uns die Russen, hinter uns die deutschen Bewacher - ein Drittel der Truppenverpflegung - Weg zur Arbeit 6 - 10 Kilometer, 8 Stunden Robot - Weg zu den Zelten wieder 6 - 10 Kilometer. Wir sahen aus wie Muselmänner (so nannte man mit echtem NS-Humor die ausgemergelten KZler), litten an Ruhr und Erschöpfung, die Menschenwürde hat man uns vorenthalten. Geschlagen - nein, geschlagen wurde ich nie. Wozu auch? Aber sonst - alles dieser Erde. Überlebenschance 30 Prozent.

Und da war Gerhard Richter! Wir redeten und redeten über Wagner, Brahms und Bruckner, über Essen und Trinken, über Politik (leise), über Kästner und Brecht. Er - der Großbürger - konnte Majakowski-Gedichte auswendig, Toller und Mühsam zitieren. Er rezitierte, summte, log wahrscheinlich auch ein bissl. Er wuchs mir ans Herz. Über Frauen gab es keine Gespräche - wie auch, wo er doch ...

Überhaupt, wir waren so hungrig, daß sich dieses Thema von selber verflüchtigte.

Manchmal brach er zusammen - er konnte nicht mehr - ich war zu schwach, um ihm zu helfen. Aber da war Johnny Sorgenfrei - Transportarbeiter aus Hamburg, mehr breit als hoch, bieder, intelligent, stark - Kommunist. Der fraß unsere 3 Dekagramm Margarine, eine Schnitte unseres Brotes und arbeitete für uns mit. Ein Prachtbursch und echter Kamerad. Gerhard wurde krank, magerte noch mehr ab, hatte Hunger. Ich ging (Lebensgefahr!) für ihn in die Küche stehlen. Im Lauf von zwei Tagen 4 Schnitten Brot. Er überlebte. Ein Jahr später fand ich auf dem Konto meiner Mutter 4.000 Mark. Ein großzügiges Dankeschön unter Freunden. Wir haben uns noch oft gesehen - in Berlin, auf Gran Canaria, nie mehr davon gesprochen. Von unserer Freundschaft auch nicht. Wozu auch? Wir haben sie doch gespürt.

Kurt Nachmann, der Lebensmensch meiner Jugendjahre - ein Freund und Bruder fürs Leben. Er wurde nur 70, ich weinte an seinem Sarg - am Tag vorher hab' ich mich aus Gram besoffen. Vielleicht flossen die Tränen dadurch leichter und erleichternd. Viel hab' ich von ihm gelernt, ihn verehrt, geliebt - vermißt, wenn er nicht da war - er fehlt mir - noch heute. Mein Don Kätzl geht mir ab, die Lücke konnte nie ausgefüllt werden. Nie.

So viele sind schon vorausgegangen, der Sowerl, der Kallina, der Brix Willy (er war der Arzt Theodor Kramers, hat mich auf ihn aufmerksam gemacht) und der alte Tassié. Sie alle hatten Einfluß auf mein Leben, der Franz noch mehr als das. Er brachte mich an die Pforte des Tempels der allgemeinen Menschenliebe. Dank allen - besonders dem Lindi, dem Ambros - der Helmut D. hat sich in die Einsamkeit zurückgezogen, meldet sich und operiert nur noch selten, der Mario wohnt und schreibt in der Schweiz, man wird halt im Alter - nein, doch nicht. Da sind zum Glück die Jungen, die auch schon Männer (und Frauen) geworden sind. Der Morak Franzl, der rauhe, feinnervige; der Janisch Michl, gehört zur älteren Garde, ist aber zu kräftig, dort eingereiht zu werden; der Wolfgang Hinterberger, Arzt und Zuhörer der Super-Klasse, der Pillendreher von Aspern, der Piefke, der liebe, in Westfalen ...

Und die, die mir Brüder geworden sind, durch gemeinsames Werk, gleiches Wollen und Denken, die an sich arbeiten um bessere, noch bessere Menschen zu werden und dadurch der Welt den Weg zur Menschlichkeit zu weisen. Der Maler Kurt R. in erster Linie, der Peter St., der Pianist B., Namen? Wozu - ich kenne sie, das genügt.

Meinen besten Freund habe ich vorausgehen sehen in den ewigen Osten. Meinen Sohn Hans! Das hat nichts mit Familie zu tun - über die (und ähnliches) spreche ich nicht - er war mir mehr Freund als Sohn. Er war der Lebensmensch meiner zweiten Lebenshälfte. Er ist tot, aber ich habe ihn immer um mich. Sein Rat, sein Lachen, sein scharfes Urteil - sie bewegen mich heute wie ehedem. Er hat niemanden gehaßt, nur verachtet, wenn es anders nicht ging, er konnte das, was ich nie von ihm lernen konnte: verzeihen. Ich bin nachtragend - kann schwer vergeben, vergessen nie. Das unterschied uns, aber die Gegensätze - sie wissen ja - les extrêmes se touchent.

Ich schreibe das, sein Bild liegt vor mir auf dem Schreibtisch. Warum lacht er so spöttisch, der Kerl? Oh, er kennt seinen Freund, der zufällig sein Vater ist, kennt ihn gut, zu gut? Das gibt es nicht.

Berni

Wenn er mich so anschaut, mit schiefem Kopf und aufgestellten Ohren, dann weiß ich genau, was er denkt. Er, der Herr Berni, Hund und Chef, bei dem ich Mensch bin. Er ist mittelgroß, schwarzhaarig mit ein paar weißen Haarsträhnen, hat sprechende Augen und einen immer etwas traurigen Zug um die Lippen. Er geht zierlich und ist kräftiger als er aussieht.

Aber: Wenn er so vor mir steht und ich „Sitz!" zu ihm sage - damit er Platz nimmt, denn nur so kann ich ihm seinen Halsschmuck umhängen - dann habe ich hin und wieder das Gefühl, daß er maliziös lächelt und denkt: „Jetzt hängst du mir die Kette um, damit ich dich wieder das Bergerl in der Lobau hinaufziehen kann. Du, der du vorgibst, mich äußerln zu führen, du bist es, den ich herumschleppen muß. Und wenn es mir einmal zu langweilig zu

Hause ist, wenn ich, wie unlängst, in der Nacht abpasch' (welch' komisches Wort, no ja, Schauspieler halt, denkt immer an paschen!), dann regst du dich auf. Dabei bin ich nur mein Revier abgelaufen, hab' neue Markierungen gesetzt und hab' einer Dame, von der ich weiß, daß sie zur Zeit ‚ansprechbar' ist, meine Aufwartung gemacht. Vergiß nicht, ich bin jung und gebildet, also lese ich alle Nachrichten, die für mich überall hingespritzt werden. Du siehst ja auch fern, liest selbst die blödesten Zeitungen - warum also soll ich das nicht tun? Du mußt dich zu all dem zwingen, mich treibt mein Instinkt dazu. Und Instinkt, das mußt du zugeben, habe ich. Ich fühle, wann du aufstehen willst, spüre, wenn du vorhast, mich zu füttern und spüre, daß ich bei dir gut aufgehoben bin. Du merkst es ja, wenn ich mich wohlfühle und mich auf was freue, dann strecke ich das linke Bein (Haxl sagst du) weit weg und verdreh' die Augen.

Ich danke dir übrigens, daß du mir so oft in die Augen schaust, denn dann wird mir warm ums Herz, da spür' ich deine Liebe. Und die hab' ich nötig, so wie du Liebe brauchst, brauch' ich sie auch, obwohl ich ‚nur' ein Hund bin.

Glaub' ja nicht, daß ich zu dir ins Bett krieche, weil mir kalt ist - i wo, ich halt' tiefe Temperaturen aus, vergiß nicht, meine Vorfahren waren Wölfe - ich komm' zu dir, um dir nah zu sein, dir zu zeigen, daß ich gerne bei dir bin und bereit, dich zu beschützen. Außerdem, das geb' ja ich zu, rieche ich dich gerne und fühle mich bei dir geborgen. So geborgen wie du dich bei mir fühlst. Hab' ich recht?

Und nun eine Bitte: Gib' mir nicht so viel zu essen, denn ich bin hemmungslos wie du und freß' alles auf, was in der Schüssel ist. Ich betrachte es als großes Glück, daß ich deinen Eiskasten nicht aufmachen kann. Es käme zu Differenzen zwischen dir und mir. Und solchen Zuständen wollen wir doch aus dem Weg gehen.

Noch was: Schrei' auch nicht immer ‚Fuß!', bitte. Ich weiß schon, wie ich zu gehen hätte - aber ich mag nicht. Ich bin zu jung und zu stark für grenzenlose Unterwürfigkeit. Sei mir auch bitte nicht böse, daß ich dich neulich in ein Gebüsch hineingerissen hab' und du die Brille verloren hast. Aber ich konnte auf dich keine Rücksicht nehmen - ich hab' ein verdächtiges Geräusch gehört und du sagst ja immer, ich soll wachsam sein. Das hast halt jetzt davon.

Ich danke dir auch, daß du mir von überall, wo du bist, eine Karte schreibst und mir aus dem Flugzeug immer ein ‚Kosterle', wie der Onkel Georg sagt, mitbringst. Ich weiß das zu schätzen, daß du dir etwas vom Mund absparst, da oben in der Luft. Flieg' doch öfter mit der AUA, das schmeckt mir am besten - obwohl du sagst, bei der Swiss Air …! Es läutet, ich muß bellen gehen."

BÜHNEN-G'SCHICHTLN

Rudolf Steinböck, der große Regisseur, leitete nicht nur die Josefstadt, sondern auch Proben der einsamen Art. Gustaf Waldau, der feinsinnige bayrische Grandseigneur, konnte (und wollte) sein Idiom nicht verleugnen.

Er meinte auf einer Probe textgemäß: Als wir dann nach Eiropa zurückkamen ... Steinböck: Gustl, bitte, Europa - Eu - Eu. Waldau: Aha, ja, gut, also: Als wir nach Eiropa ... Steinböck: Gustl, bitte, Europa - Eu - Eu. Waldau lächelnd und leicht verzweifelnd: Du, kann' i net Asien sagen?

Hermann Erhard, bayrischer Charakterdarsteller am renommierten Theater in der Josefstadt, war dem herben Wein nicht unhold. Als er mit der großen Adrienne Gessner in dem Schauspiel „Der Tod des Handlungsreisenden" vor dem Grab des Billy Loman zu stehen hatte, war er nicht ganz nüchtern und gerührt. Die Gessner weinte lt. Textbuch laut und überzeugend. Da flüsterte Hermann nicht ganz unhörbar fürs Publikum: Adrienne, wein' nicht, es ist ja nur ein Theater.

Oskar Fritz Schuh - ich habe einige Male unter seiner Regie gespielt - sagte zu mir, als ich einmal ziemlich verkatert auf eine Probe kam: Wieviel haben Sie denn heute Nacht hinuntergelassen? Wahrheitsgemäß gab ich zur Antwort: Gar net so arg, vielleicht drei bis vier Viertel und zwei Whisky - ich vertrag' eben nicht viel. Drauf Schuh mit stoischer Ruhe: Sie müssen eben eine Gewöhnungskur machen.

Dem Varieté-Direktor Wilhelm Leicht wurde von der Feuerpolizei vorgeworfen, daß sein „Etablissement“ im Prater zu wenige Feuerschutzeinrichtungen habe. Leicht darauf nonchalant: Meine Herren, wenn es brennt, laß' ich einen fahren und die ganze Bude bricht zusammen.

Hans Olden, der zauberhafte Charmeur des Volkstheaters in Wien, hob seinen Telefonhörer ab: Was sagen S' - die Meinige soll die Rose Berndt spielen? Also i waaas net - sie is' zu jung, zu unfertig, zu wenig kräftig, naa i glaub' net! Wo? In Köln?? Aber ja! Aber ja!

Rudi Berger, Direktionsmitglied der Opera Nice, war einmal - in grauen Vorzeiten - mein Regieassistent in Gabors Kammeroper. Er berichtet darüber im Freundeskreis:

Regie ist beim Muliar so:

Am 1. Tag sagt er gegen Mittag zum Assistenten: Gehn S', da vis à vis am Laurenzerbergl, da ist ein hinreißender Fleischhauer. Sind S' nett, holen S' ma an Leberkas. Ich mach' inzwischen weiter. Am 2. Tag: Gehn S', holen S' uns den Leberkas in zwei Semmeln - wir machen dann weiter.

Am 3. Tag: Sie, Rudi - machen S' weiter da, ich hol' uns den Leberkas.

Valentins Sohn soll zum Flottwell sagen: Lieber Herr, sei wieder gut, die Mutter weiß nicht, was sie tut!

In einer legendären Leopold Lindtberg-Inszenierung am Wiener Burgtheater spielte Fred Liewehr den Flottwell. Valentins (Josef Meinrad) Sohn war Franzi Zelenka, noch nicht 12 Jahre alt.

Als sein Stichwort fiel, begann er ganz exakt, aber Liewehr ansehend: Liewehr, sei wieder gut, die Mutter ... Fredi lächelnd zu dem aufgeregten Buben: Lieb, wie heißt du denn, mein Kind? Drauf Franzi wie aus der Pistole geschossen: Des wissen S' ja eh - Zelenka!

Man erzählt, daß Robert Stolz - schon 90 - nicht mehr exakt dirigierte, als er in der Volksoper eine seiner Operetten musikalisch betreute. Zu Franz Salmhofer, dem Direktor, kam ein Abgesandter des Orchesters: Herr Hofrat, also der Robertl, bei aller Liebe, aber es geht net mehr. Salmhofer blockt ab: Reden S' net weiter - den Vertrag kann nur der liebe Gott lösen.

Franz Stoß, der legendäre Direktor des Theaters in der Josefstadt, und Ernst Waldbrunn, wohl eine der liebenswerten Erscheinungen des Theaters in der 2. Republik, waren als Jungmimen im Franzensbader Sommer- und Kurtheater engagiert. Engagement in Franzensbad, Marienbad, Ischl, Baden bei Wien waren die Sommerträume der österreichischen Bühnenkünstler, deren „Saison“ meistens schon zu „Palmarum“ zu Ende war.

Moissi, der große Alexander, gastierte als Hamlet und verkündete bei der einzigen Verständigungsprobe, daß er kürzen müsse, weil er den Zug 10 vor 10 erreichen wollte. Nächsten Tag spiele er in Baden. „Wichtig ist nuuur“, sang er im melodiösem Moissi-Ton, „daaaß die Zitate kommen. Alle! Alle! Geh’ in ein Kloster Ophelia - Sein ooo-derr niiiecht seinn ...“

Moissi kürzte. In der Friedhofszene standen Ernst und Franz aufgeregt (mit Moissi spielen war eine Ehre!) als Totengräber im Grab und warteten auf den Star-Hamlet. Der erschien, stieg mit den Worten: Armer Yorick! über das Grab und ging ab. Stoß und Waldbrunn waren enttäuscht, aber Moissi war um 9.30 am Bahnhof.

Ernst Waldbrunn, Alfred Böhm und ich spielten irgendein Schubert-Stück in den Kammerspielen. 200 mal schon - zum Auswachsen! 200 mal en suite. Eine der leichten Komödien, die Schubert (nicht der Komponist der Unvollendeten) jedes Jahr für die Josefstadt schrieb. Täglich um 8.00 Uhr, Samstag, Sonn- und Feiertage zweimal. Wie gesagt, zum Auswachsen. Die Leute schrien vor Lachen, uns war - ehrlich! - uns war fad! Sagt der

Ernstl zu mir und zum Fredi: Fritzaale - so rief er mich - heut' sagst du meinen Text, ich deinen. (Das geht in solchen Leichtgewichtssachen ganz gut.) Der Fredi sagt nur jeden Satz seiner Rolle.

Wir drei also auf einer Couch und in der Mitte - einer links, zwei rechts, sitzt der „Gast“ aus dem Volkstheater, der edle Egon von Jordan. Gentleman, Sir und was weiß ich was in einem - ein Herr von der Glatze bis zur Fußsohle - einer der ganz, ganz Reizenden.

Szene! Wir tun wie vereinbart - Jordan ist verwirrt, will seinen Text loswerden - wir reden, Fredi schreit dazwischen, Exi schweigt. In der Garderobe großes Grinsen. Jordan hoheitsvoll: Eine neue Version, aber, alles in allem, die Herren Kollegen verzeihen - ein Mords-Schaas.

Konversationszimmer Volkstheater, so um 1955 herum. Überall lungern Jünglinge herum, schlecht rasiert, ziemlich frech und ganz schön ungezogen. Ja, auch damals war das so.

Egon von Jordan betritt die Szene, keiner grüßt, keiner erhebt sich, da geht er elegant von einem zum anderen. Stellt sich vor: Egon von Jordan, Egon von Jordan, Egon von Jordan. Sein Kopf läuft rot an und dann schreit er: Und jetzt auße mit euch, ihr Rotzbuben - aber schnell!

Zum Unterschied von heute verließen alle Jungkünstler den Turnierplatz und ließen sich in dieser Saison im Konversationszimmer nicht mehr sehen.

Sie sahen beide aus wie Figuren aus Doderers „Strudlhofstiege“. Elegant, ein bißl (österreichisch) militärisch-vornehm: Wolf Albach-Retty und Karl Günter. Günter Bonvivant an der Josefstadt, Albach begehrter Liebhaber im deutschen Film.

Kartschi Günter schnitt auf, das heißt, um es genauer zu sagen, er log wie gedruckt. Jeder gab vor, ihm zu glauben, keiner glaubte ihm.

Kantinengespräch in der (seligen) RAVAG (Österreichische Radio-Verkehrs-AG, die Urmutter des ORF).

Günter: Also wir fahren da mit einer Dschunke - du weißt ja, meine 3. Weltreise - im Malaiischen Archipel. Wind kommt auf, Sturm - Orkan. Uns schupft's umeinander, also sagenhaft. Hohe Brecher, Wasser überall - Windstärke 140.

Albach: Aber verzeih', Kartschi, Windstärke 18 ist das Höchste. Günter nach kurzer Schrecksekunde: Ja, bei uns, aber weißt, die Malaien zählen ganz anders.

In der „guten alten Burgtheater-Zeit“ gastierten wir - ich glaub' 1984 war es, jedenfalls Direktion Benning - in Japan. Damals reiste das Burgtheater weit herum. Unter Haeussermann Welttournee, mit Benning Moskau, Leningrad (heute wieder St. Petersburg), Ost- und West-Berlin, und mit der von Adolf Dresen inszenierten „Dreigroschenoper“ eben nach Japan. Anschließend bissl was vortragen in Bangkok, Singapur und so.

Also Japan: Die große Judith (Holzmeister) Frau Peachum, Heini Schwaiger als Macki Messer, als Polly die geliebte Traudl Jesserer, Blanche Aubry, Ulli Fessl, Bruno Dallansky, Tiger Brown, Franz Morak, damals ständig in roten Schuhen herumspazierend, Frank Hoffmann und Robert Meyer als „... und der Haifisch"-Sänger. Ich der alte Peachum, damals noch nicht Peachy genannt.

Abendessen in Tokio. Robert Jungbluth, der große Boß und Kenner seiner Schauspieler und des Landes, lädt ein. (Mir hat er damals ein Paar Manschettenknöpfe geschenkt, ich trag' sie heute noch.) Ich sitze zwischen der Lisl Orth und Morak, mir vis à vis der ganz junge Robert Mayer. An was kiefeln mir da, möcht' ich wissen, einen Hendl-, Hasen- oder so Haxen abnagend. Robert drauf: Was wir da essen, weiß ich nicht, aber hinter Ihnen sitzt die Nachspeise. Ich dreh' mich um - in einem Aquarium zwei Riesenkröten, die - in der Mitte so auf zwei Scheiben auseinandergeschnitten - üblicherweise auf heißem Blech in Öl gebraten werden. Mir wurde nicht ganz gut, ich legte den Haxn weg und verschwand Richtung U-Bahn. Sayonara.

Dabei habe ich in Japan oft hinreißend gegessen. Einmal - mit Elisabeth Orth als Gardedame und reizende Compagnonin - Tempura. Dort müßt's hingehen, meinte der dicke Freund Aberle, dort ißt man gut und ganz billig. War es auch. Weniger als überall sonst, aber der Wein, der französische, war acht mal so teuer wie in anderen Restaurants. Dort ißt man billig, hab' ich gesagt, meinte Erich Aberle - vom Trinken war nicht die Rede.

Unterrichtsminister Pernter bewog den ihm unterstellten Burgtheaterdirektor Harald Röbbeling, seine Nichte als Elevin ans Große Haus zu holen. Röbbeling tat, wie ihm geheißen.

Als er eines Tages bei einer Hauptprobe (damals ging der Direktor noch in Proben anderer Regisseure) im Zuschauerraum saß, trat ein bohnenstangenähnliches Wesen auf. Lang, dürr und nervös. Röbbeling zu seinem Adlatus: Ja, wer ist denn das, um des Heilands willen? - Das ist die Nichte vom Minister, Herr Direktor. Drauf Röbbeling in seinem unverfälschtem sächsisch: Oho, aber aber, na, da muß einer Spaß verstehen!

Der Fondachhof - mein Fondachhof! Als ich das erste Mal in Salzburg fest festspielte (den dicken Vetter in Jedermann - no na, den dünnen!), hat mich der Heinzi Marecek (damals war er noch ein Heinz mit i) dort eingeführt und ich hab' mich hochgedient. Zuerst ein Kammerl neben der Sauna, dann vier Jahre Dependence, 2 - 3 Jahre neue Dependence und dann endlich Haupthaus. Großes Rokokozimmer. Teufel, hab' ich das genossen. Nicht allein das Wohnen mit Paul Hoffmann, Kreisky, Sinowatz, Paryla und wie sie alle heißen unter einem Dach - die Atmosphäre war's. Der herrliche riesige Park, die Rosenrabatten, das Schwimmbekken und das Glashaus mit den herrlichen Riesenparadeisern - das alles harmonierte so gut wie die Gastgeber mit ihren Gästen. Der Catona von der Oper in Monte Carlo, die berühmte liebenswürdige Elisabeth Schwarzkopf, die Baltsa, die schon um 6 Uhr früh ins kalte Wasser hupfte - ich kann singen, sagte sie, mir macht das nix! - der alte Mister Zins und der Zednik Heinz von der Staatsoper in Wien. Stammgäste - jeden Sommer, Sommerfreundschaften, Sommerfreuden - dann 10 Monate nix und nächsten Sommer wieder, als ob nicht ein Jahr vergangen wäre.

Ich weine, wenn ich dran denke - es fehlt mir was, was sehr Wichtiges - verstehst Du? Du! Danke, Heinzi! Fondachhof, sonst wär' ich's net.

Natürlich genieße ich das Kempi in Berlin auch, aber halt anders. So gemütlich es auch ist, so sehr ist es vertretert. Vertreter aller Sparten die ganze Woche über. Tagung oder so nennen sie das und überschwemmen das Schwimmbad, an dessen Bekkenrand leider auch hin und wieder ein berüchtigter Theaterdirektor aus Wien lagert - der aber zum Glück gleich abtaucht, wenn ich auftauche. Mut Aug' in Aug' ist seine Sache nicht.

Vier Jahreszeiten oder Atlantik in Hamburg, wo ich mit dem großen Heinz Rühmann in der Sauna plaudern durfte, Gazebo-Ramada in Sydney, von dem ich nicht begreife, warum es so berühmt ist wie das zu air-conditionte Mandarin in Hongkong (+ 18 Grad Celsius). Der Direktor aber heißt Andreas Hofer und ist auch kein Chinese. Schön! In Bangkog empfehle ich das an den Klonks gelegene Oriental, in Dürnstein das Richard Löwenherz, in Groß Enzersdorf das Hotel am Sachsengang, in dem ich nicht wohne (wer wohnt schon in der Gemeinde, wo er haust, im Hotel?), aber in die Sauna gehe. Kommen Sie, dort können S' mi nackert sehen. Wollen S' nicht - kann ich auch verstehen!

Gemütlich ist's im Lasserhof in Salzburg und im Schillerpark in Linz - das Frühstücksbuffet dort ist besonders ansprechend, die Gäste sind es weniger. Da bleibt zuviel Rest vom Casino-Vorabend übrig. Und Bodensatz schmeckt nicht nur nach dem türkischen Kaffee grauslich.

Ich tät' ja am liebsten im Imperial in Wien logieren. Das ist ein Haus, in dem sich nicht nur die Könige und solche Leute wohlfühlen. Der Herr

Hitler, der auch dort hauste, mag das imperiale k. u. k. Flair nicht sehr geschätzt haben. Zu solide, zu traditionsgebunden österreichisch. In den Räumen, in denen der Gröfaz 1938 hauste, wohnte Jahre später Golda Meir. Ob sie Triumphgefühle hatte? Ich war einmal in einer ähnlichen Situation. Im Grand Hotel du Cap in Cap Ferrat hatte das mir zugedachte Zimmer acht Tage vorher ein gewisser Herr Filbinger bewohnt. Angekommen, wollte ich - müde von der Autotour - meine Frau und die Buben waren auch ziemlich fertig - sofort ins Bett. Der Chef der Rezeption meinte: „Warten Sie noch ein wenig, wir müssen noch lüften, weil es nicht gut riecht. Wir haben nach Herrn Filbinger desinfizieren lassen und das hinterläßt Spuren. Aber Sie verstehen sicher, Monsieur." - Ich verstand, verstand sogar sehr gut und war dankbar. Und immer wieder mußte ich an Golda Meir denken ...

Nun - Imperial - ich wohne 25 Kilometer von dort entfernt, also brauch' ich nicht, kann einfach nicht dort wohnen. So bin ich Stammgast im Kaffeehaus geworden. Ein glücklicher Stammgast im ehemaligen Palais der Könige von Württemberg. Ja, das Riesenhaus am Ring war ihr - no, sagen wir - Zweitwohnsitz.

Im Café Imperial ist die etwas grausige Geschichte mit der Dame passiert, die - also passen Sie auf:

Ich sitz' dort und trink' meinen Türkischen, da kommt eine alte Dame auf mich zu, setzt sich ohne zu fragen hin und sagt: „Sie mag ich. Alle Ihre Tapes habe ich - ich lebe in New York. Bin 1939 dorthin. Jetzt bin ich 83. Eine alte Jiddin, wie Sie sehen - aber Wien, mein Wien und Sie, das muß ich immer wieder sehen. Ich bin eine Österreicherin geblieben, trotz USA-Paß. Jetzt geben Sie mir ein Autogramm, wo ich Sie da erwisch'. Danke, das ist lieb. Ein schöner Tag. Sehr schön."

Spricht's und - stirbt. Die Augen brechen, das Gesicht wird grau - oh ja, ich hab' schon ein paar Menschen sterben sehen. Da irr' ich mich nicht. Ein Kopfnicken, der elegante Ober kommt. „Ist der Dame schlecht?" „Nein, sie ist tot." Man tut so, als wäre es nur eine kleine Übelkeit. Ich stütze die bereits Tote. Der liebenswürdige ungarische Klaviervirtuose, der dort immer nachmittags spielt, spielt ein bissel lauter - „Trauriger Sonntag" spielt er - es fällt niemandem auf. Krankenwagen, Abtransport. Na, warum soll es nur den „Tod in Venedig" geben? Ein imperialer ist auch nicht übel. Besonders für eine Alt-Österreicherin. Und ich? Ich trinke noch immer meinen Türkischen im Imperial. - Autogramme hat seit damals, kurioserweise, niemand mehr von mir verlangt.

Geliebtes Land

Dunst liegt über den Wäldern. Seit ungefähr drei Wochen brütet Hitze von selten erlebtem Ausmaß über unserem Land. Bis zu 34 Grad Celsius beträgt die Tages-Höchsttemperatur und die Regelmäßigkeit des Wetters enthebt den lustigen Monsieur Belcredi seiner riskanten Aufgabe des Prophezeiens. Es bleibt sonnnnig, wie er zu sagen pflegt, und das hat Folgen: Sind Sie schon einmal bei Gluthitze durch Wälder und Wiesen des Ausseerlandes gefahren? Bei Anzengruber heißt es: Und die Erdn dampft dir so bruatig entgegen - genauso ist es!

Die frisch (maschinen-)gemähten Gräser duften süß und berauschend, die Bäume riechen herrlich, das Harz tropft! Es ist still, hin und wieder knackst ein Ast, raschelt ein Tier im Laub. Bleiben Sie stehen, steigen Sie aus und gehen Sie von der Straße weg nur ein paar ein Meter in den Wald hinein, ein Märchentraum geht Ihnen in Erfüllung. Hocken Sie sich hin und schließen Sie die Augen. Tief atmen und den Duft einziehen. Sie werden erfrischt sein, wenn Sie wieder ins Auto steigen und Richtung See fahren. Den Koppen hinter sich, den Loser im Auge. Mein Gott, ist die Welt - gerade dort - schön!

Ich hatte das Glück, Erich Bielka oft am Grundlsee besuchen zu dürfen. Der vornehme Mann wohnte Sommer für Sommer in einem kühlen und einfachen Holzhaus, das ihm sein Onkel, der Dichter Jeremias Kreuz, hinterlassen hatte. Unweit davon, direkt am See, haust die noch immer attraktive Schauspielerin Elfie Gerhard, die viele Jahre mit ihrem inzwischen verstorbenen Gatten Paul

Dahlke dort verbracht hat. Auch der Nazi-Minister Goebbels hat dort in einer „arisierten“ Villa (der Richter-Villa) gewohnt. Fast hätte ich geschrieben „domiziliert“, aber dafür waren die braunen Klachln nicht kultiviert genug. Die haben prunkvoll in gestohlenem Ambiente „gewohnt“.

Das Wasser ist aber auch ideal, erfrischend kühl und glasklar. Nicht so kalt wie das des in der Nähe liegenden Toplitz-Sees (Sie erinnern sich? Der Schatz im Toplitzsee - ein Flop, den niemand erwartet hat), also fürs Schwimmen ganz besonders geeignet. Ich hatte die Freude, am Abend beim „Glaser“ in Altaussee köstliche Saiblinge zu essen, kühlen Niederösterreicher zu trinken, im Grundlsee zu baden und dann ins Burgenland zu fahren. Durch die traumschöne Steiermark - alle 20 Kilometer eine neue „Dekoration“. Tauplitz, der gigantische, auf mich unheimlich wirkende Pyhrn-Tunnel und dann wird's wieder flacher. Flacher, aber nicht reizloser, denn das Burgenland hat sich herausgemausert, wie man so sagt. Der hohe Berg, der Güssing, überragt das gemütliche Stegersbach und dann Luising. Das ist Stille, das ist Ruhe, das ist Erholung. Die Wolken ziehen schneeweiß und bizarr über den knallblauen Himmel, Störche ziehen ihre Kreise, die Felder duften. Mir scheint es oft unglaublich, daß es Österreicher gibt, die die Schönheiten unseres Landes noch nicht kennen! Die Schönheit nur im Ausland suchen. Das Burgenland, einst das Misttrücherl Österreichs, ist heute ein

Musterland an Sauberkeit und Dorfpflege. Gute Straßen, freundliche Menschen.

Vielleicht war er etwas zu streng, zu eitel, zu verschlossen, aber unter ihm begann der große Aufstieg des Landes der Burgen. Theodor Kery hat den Dank der Burgenländer für immer verdient.

Und die Kultur!

Kulturzentren, Spiele am See in Mörbisch, Burgspiele in Kobersdorf, in Güssing - und unverständlich nur, daß die Forchtensteiner Burgspiele, die Keimzelle aller Theaterunternehmen, nicht wiederholt werden. So unverständlich wie die Tatsache, daß für den Initiator der großartigen Grillparzer-Spiele, Otto Ambros, noch immer keine Ehrung stattgefunden hat. Wenigstens eine Gasse hätte man nach ihm benennen müssen, irgendwo eine Gedenktafel anbringen müssen. Vergessen? Verschlafen? Das ist keine Ausrede. Es schmerzt mich, daß man so undankbar sein kann. Diese Undankbarkeit sollte die Freunde im Burgenland mehr ärgern und zwicken als all die dummen Burgenländer-Witze zusammen.

Aber auch das kann meine Freude über zwei Tage quer durch Österreich nicht mindern. Es ist ein schönes Land - meint unser „Klassiker“, der geniale Grantscherben Franz Grillparzer, dessen Ausspruch: „Ich liebe dieses Land bis zum kindisch sein“, ich mir als Motto meines Lebens gegeben habe.

Erinnerungsstätte

Ein Besuch im KZ Mauthausen bringt lange verdrängte Gefühle an die Oberfläche. Zorn noch immer, Wut und - nach wie vor - Ohnmacht, denn sie haben nicht verstanden, werden nie verstehen. Nie! Das Land ist übersät von den noch heute stinkenden Eiterbeulen des Dritten Reiches: KZ-Erinnerungsstätten wohin man schaut, Soldatenfriedhöfe, Denkmäler. Grauen, an das erinnert wird, von Ebensee bis Mauthausen. Von Ost nach West, von Nord bis Süd. Grauen, an dem vorübergegangen wird, ohne Scham im Bewußtsein der Unschuld und der „Gnade der späten Geburt". An den Fluch des „frühen Todes" wird nur offiziell erinnert - sonst wird vorbeigeschaut, verdrängt, ohne Genierer geleugnet.

Neben der KZ-Anlage Mauthausen finde ich einen Gasthof. Moststube oder so. Nett, gepflegt, 1842 errichtet. Ein paar Bänke und Tische im Freien, blühende Blumen, Salat, eine herrliche Spielwiese für Kinder. Reizend schön. Die Milch schmeckt, der Lebertopfen ist delikat, der handgeschöpfte Käse köstlich. Ich setze mich so, daß ich die KZ-Anlage nicht sehen muß. Ich hab' genug gesehen - auch den Hinrichtungsraum, die Genickschußecke, die Gaskammer. Im Voraum der Gaskammer Erinnerungstafeln (Votivtafeln nennt man das bei uns). Eine trägt die Inschrift „Ludwig Haider, Lokführer - 25.4.1945, vergast." Es gab also auch andere Haider - solche, die ihr Leben gaben für ihre Idee, für Österreich. Ich verneige mich vor ihnen. Vor denen, die groß waren in ihrer Kleinheit und nicht klein in ihrer eingebildeten Größe.

Ich rede mit der Mutter der Wirtin. Den Hof haben sie erst 1947 übernommen. Gewußt haben sie nix. Niemand hat gewußt. Oh ja, vom Steinbruch schon und geraucht hat es aus den Schloten - sonst? Nix. Nie! Nirgends!

Altes, neues Prag

Man ist immer voreingenommen. Als Prag noch Hauptstadt der Tschechoslowakei war, als die Kommunisten noch regierten, kam mir alles bedrohend und grau vor, schmutzig und abweisend. Heute, ein paar Jahre später, heißt der Staat Ceska Republika, verändert hat sich wenig und doch: Auf einmal sehe ich wieder - wie vor 1939 - viel Ähnlicheit zwischen Prag, Wien und Budapest.

Die alten, zum Teil neu angefärbten Häuser, die Straßenzüge, die Anlagen. Komisch. Wieso ist mir das alles bisher nicht aufgefallen? Wollte ich es nicht sehen? Konnte ich nicht? Vielleicht ist es ein wenig heller geworden in der Stadt, vielleicht gibt es mehr Autos, mehr (West-)Hotels (mit Mars-Preisen), mehr Angebot? Aber die Menschen, die waren doch vorher auch nett und freundlich, vielleicht weniger als jetzt, aber doch. Waren sie ängstlicher? Mißtrauischer? Ich weiß es nicht.

Prag - die Stadt Kaiser Rudolfs, die Stadt des Rabbi Löw, des Golem, die Stadt Kafkas, Brods, Rilkes und - meiner Urgroßmutter! Zoufal haben sie geheißen, sie und ihr Mann. Waren sie Tschechen, Böhmen, deutschsprechende oder Slowaken? Mein Gott, wer hat damals, als die Fliegen im „Kelch" auf das Bild des Kaisers geschissen haben und der Schwejk schwarzes Bier getrunken hat, weil man den Thronfolger in Sarajewo ermordet hat, gefragt.

In Konopiste haben sie gewohnt - er mit seiner Gräfin und den Hohenberg-Buben, die so bald ohne Eltern dagestanden sind. Waisen hat man in Sarajewo aus ihnen gemacht, so wie man heute in Sarajewo Waisen macht aus Kindern der eigenen Stadt. Haß - einer gegen den anderen! Damals schon! Serbien muß sterbien - wie blöd das war, damals und heute: Jeder Schuß ein Ruß' - und was hamma heut' davon? Ein zerrüttetes Osteuropa und die große Angst vor dem Ungewissen im Westen des Kontinents.

Ich gehe durch Prag - die Kleinseite, das Ghetto, die Karlsbrücke und das Smetana-Divadlo, das einmal „Neues Deutsches Theater" geheißen hat. Prager Deutsch! Wo hört man es heute noch? Vielleicht in Tel Aviv von zwei, drei Uralten. Die Vertreibung der einen, die Vertreibung der anderen - beides Verbrechen - nur, ethnische Säuberung hat man es damals nicht genannt. Tote im Straßengraben, flüchtende Beraubte - jetzt erst, nach 50 Jahren, denkt man an Versöhnung. Aber die Abneigung ist da - man spürt sie deutlich. Dabei soll Europa zusammenwachsen. - Ich fahr' nach Smichov zum Drehtag. Da und dort blüht Neues aus Ruinösem. Hoffen? Doch, natürlich. Wie sagt Hašek durch seinen Schwejk? „Das ja!"

Slowakei

Ich war voriges Jahr (aber ja, ich reise auch gern herum) in der nun selbständigen Slowakei, habe das Gebiet um die Hohe Tatra wieder besucht, die Stellen, wo meine Frau auf Kinderlandverschikkung war.

Stary Smokovec, Alt Schmecks, Tatranska Lomnice, Tatra Lomnitz, und so. Es war recht hübsch, das Hotel nur mehr halb kommunistisch, die Bedienungsgesellschaft schon fast freundlich. Aber wir, die Fremden, die Gäste! Deutsche, Franzosen, Italiener, Engländer und Österreicher. Laut, überheblich, so wie „G'stopfte" sich den ärmeren Nachbarn gegenüber nicht benehmen sollten - benahmen sie sich, natürlich angeführt von den (West-)Deutschen und - leider - unseren Landsleuten. Mir ham's ja, mir schmeiß'n's ausse! „Bringen Se mal noch so'n Sprudelwasser - das soll der Palatschinken sein? Wohl angesengt in der Birne, wa?" - Schöne Landschaft hin, freundliche Nachbarn her, wir haben es nicht ausgehalten und waren bald wieder daheim, wo sich die Landsleute wieder normal benehmen und nicht die reichen Onkel (und Tanten) aus Kapitalien spielen.

Nicht alle, aber leider doch viele, die sonst mit gekrümmten Rücken, mascherlbewehrt, Tabletts schleppen, Kiss d'Hand rufen und das Handerl aufhalten, tun in den Schwachwährungsländern so, als hätten sie zu Hause Latifundien, Schlösser und Heerscharen von dienendem Personal. Ja, das alles täuschen sie vor - nur gute Manieren nicht.

Bella Italia

Im Lande der Spaghetti-Wickler habe ich erfreuliche Tage verbracht und bin auf den Spuren meiner Vorfahren gewandelt. Natürlich waren diese weder Etrusker noch Römer - noch stamme ich von den Medici, den Razzi, Pazzi oder ähnlichen Familien ab - aber auch dort, in der Toscana - Österreich, wohin man schaut! War doch dieses Land viele Jahre, eineinhalb Jahrhunderte fast, dem milden (Würge-) Griff Wiens ausgesetzt. Franz Stefan, der Lothringer, Gatte Maria Theresias, brachte die Toscana ans Habsburgerreich und erst Garibaldis Risorgimento einigte Italien und holte damit Florenz, Pisa, Siena und die anderen Stadtrepubliken „heim ins Reich" - ins vereinigte Italien, das jetzt wieder auseinanderzustreben scheint, will doch der reiche Norden den armen Süden nicht mehr füttern.

Klingt irgendwie bekannt, die G'schicht mit dem reichen und dem armen Bruder. Aber was kommt in Mittelitalien nicht bekannt vor? Die Loggia dei Lanzi in Florenz war der Stützpunkt der Bodyguards der Medici (deutscher und schweizerischer Landsknechte) und die Landesfarben der Toscana sind noch heute rot-weiß-rot. So wie die Farben der Alpenrepublik, dem Rest des einstmals riesigen Habsburgerreiches. In San Gimignano finde ich am Sockel des Kriegerdenkmals eine österreichisch-ungarische Kanone, die von einem k. u. k. U-Boot stammt. Einige Leser werden es nicht mehr wissen, kaum glauben, aber es gab einmal eine österreichisch-ungarische Kriegsmarine. Admiral Tegetthoff war ihr Chef, das Flaggschiff hieß „Viribus Unitis“ und ist ebenso untergegangen wie das Vielvölkerreich. Der nachmalige ungarische Reichsverweser Konter-Admiral Nikolaus von Horthy war kaiserlicher Soldat, genauso wie der jugoslawische Staatschef Tito und Alcide de Gasperi, der große Denker der Christdemokraten Italiens. Von Thomas G. Masaryk ganz zu schweigen. Nur ein gewisser Adolf H. diente dem deutschen Heer.

Nun sind die Karten der Weltpolitik neu gemischt, manches Blatt ist unter den Tisch gefallen, liegt dort, als warte es darauf, wieder aufgehoben und ins Spiel gebracht zu werden. Es ist merkwürdig! In der Sonne sitzend dachte ich oft über das nach, was man Neuordnung in Europa nennt und ich bin ärgerlich, daß das Alte so gründlich zerstört wurde - wo es jetzt als Stabilisierungsfaktor wirken könnte. Aber wer weiß - nur, denke ich, daß wir im langsamen Wien nichts unternehmen werden, ohne zu wissen, was das kosten könnte und - ob wir das auch bezahlen können und wollen. Das soll keine Anspielung sein, aber Vergleiche drängen sich auf, das müssen Sie zugeben. In der großen Welt geht es nämlich zu wie in der kleinen des Theaters. Da wird lustvoll (und sündhaft teuer) zertrümmert, zerstört und devastiert - Altes aus dem Fenster geworfen und dem angeekelten Publikum Haarsträubendes präsentiert, obwohl man weiß, daß das nur wenigen Spinnern gefällt.

Zurück zu Italien. Bei exorbitanten Preisen - wie kann sich ein italienischer Arbeiter das alles leisten? - urlauben die (noch) Wohlstandsbürger in der Toscana wie eh und je. Volterra, Siena, Cecina - Deutsche, Engländer, Holländer, Franzosen und Österreicher wohnen still und einträchtig im selben Hotel und spielen vereintes Europa. Aber schon beim Frühstück werden Unterschiede sichtbar. Tee trinkende Briten frühstücken spartanisch, Franzosen ziehen zum Kaffee süßes Gebäck vor, nur die Germanen, Nederlander und Austriaken stopfen sich, quer durch das Buffet, bis zu den Augenbrauen voll. Wurst, Käse, Eier, Butter und Marmelade - es ist zum - no ja, sagen wir, zum Nicht-Hinschauen. Was aber wirklich stört, ist, daß mancher Mustereuropäer pharisäerhaft die Augen niederschlägt und meint: „Und die armen Bosnier laufen um ihr Leben!" Beruhigt euch, sag' ich leise vor mich hin, sie laufen nicht mehr lange, denn bald sind sie krepiert, ausgelöscht, vergessen. Und Europa hat wieder einmal versagt.

Wie damals, als der lächerliche Herr Chamberlain „peace for our time“ verkündete. Hätte man damals nicht tatenlos zugesehen, wie die Nazis in Österreich und der Tschechoslowakei einmaschiert sind, wäre es nie zu den grauenhaften Zuständen im Ex-Jugoslawien des Jahres 1993 gekommen. EWR, EG, EUROPA - ein Verein von großmäuligen Geschäftemachern, Umweltzerstörern und Feiglingen. Das schmerzt und macht traurig.

Justitia fundamentum regnorum est. So steht es, in goldenen Lettern, am äußeren Burgtor zu Wien. Aber nur dort - leider nur dort steht es. Hundertprozentig praktiziert wird der Spruch von der Gerechtigkeit, die das Fundament des Herrschers ist, nirgendwo.

Staaten fallen auseinander, Ideologien brechen zusammen, Skandale türmen sich auf und werden von Skandalblättern ins Unendliche gesteigert. Italien verachtet die einst geliebten Andreotti und Craxi, Faschisten und Kommunisten ziehen Gewinne aus Skandalen. Das ganze Land ist ein Skandalon par excellence. Und da hat vor Jahresfrist ein Massenblatt Deutschlands von der Skandalrepublik Österreich geschrieben. Lächerlich! Es wirft sich nur die Frage auf, warum muß Deutschland auch da nach vorne drängen? Oder ist der Abmarsch der Herren Seiters, Streibl und von Stahl eine quantité negligeable? Man sollte, bevor man Mistkübel ausleert, sehr genau prüfen, ob man nicht in einem oder gar mehreren Glashäusern wohnt.

Toscana

Natürlich weiß ich, daß man (in Zeiten wie diesen) seinen Urlaub in Österreich verbringen soll, aber - no ja, es kommen ja auch viele Italiener zu uns, und da scheint ein Gegenbesuch absolut angebracht zu sein. Ich schreibe dies also in der traumhaft schönen Stadt San Gimignano. Die berühmte Siedlung mit den acht (oder sind es gar zwölf?) Geschlechtertürmen ist ein Juwel der Toscana und für ein paar Tage mein Stützpunkt und Domizil.

Als aufmerksamer Leser österreichischer Zeitungen habe ich erwartet, ein emotional spannungsgeladenes Land vorzufinden - die erst vor kurzem abgeführten Wahlen haben mich solches auch fürchten lassen. Zu Unrecht, Gott sei Dank!

Das Leben pulsiert wie eh und je, die Menschen sind fröhlich und bei aller Geschäftigkeit beinahe gelassen. Die Lira steht miserabel, die Preise sind geschmalzen, aber mit dem Alpendollar läßt sich's halbwegs gut leben. Wie nichtwohlhabende Inländer hier auskommen, ist mir allerdings schleierhaft. Natürlich muß man in Siena nicht in einem Restaurant essen, das an dem Platz liegt, wo der Palio geritten wird (eine Portion Spaghetti - mit Trüffeln allerdings - kostet 28.000 Lire, ca 250 Schilling).

Aber auch sonst, wie gesagt, g'schmalz'n! Eine winzig kleine Schachtel Ananaserdbeeren 35 Schilling, ein Coup von was Gefrorenem einen schlichten Neunziger, und von Brot und Wein allein kann man bekanntlich ja nicht leben.

Toscana! Überall Burgen, Medici-Schlösser, Kastelle, Mauern und Türme. Die Vorfahren der Heutigen müssen unerhörte Raufhanseln gewesen sein. Auch ich habe hier einmal herumgekämpft und bin zur Strafe wohl auch bald verwundet worden. Lazarett und dann ab nach Norditalien, wo ich bei Udine das Kriegsende erleben durfte.

Apropos Krieg!

Ich habe hier ein Monument entdeckt, das an den Ersten Weltkrieg erinnert, mit einer Kanone aus „Austro-Hungarica" verziert. Am Sockel des Denkmals ist eine zweite Tafel eingelassen, die vom Krieg 1935 bis 1943 spricht. Oh ja, es stimmt schon! Abessinien, Eritrea, Somalia und dann gleich hinein in den Zweiten Weltkrieg, der mit dem gleichen Ergebnis endete wie sein Vorläufer: Italien landete innerhalb von 30 Jahren zweimal bei den Siegermächten. Geschickt und staunenswert - congratulazione, amici!

Also mir schmeckt der Wein hier trotzdem, und die Leut' mag ich auch. Nicht jeder ist ein Dante, die Petrarcas sind dünn gesät, aber den Tod des Savonarola wird niemand erleiden müssen. Besser Spaghettiwickler sein als Märtyrer. Wer gerne leichter lebt als „bei uns dahoam", der fühlt sich hier sicher wohl, denn Rom ist weit, St. Pölten nicht minder, und das ist doch schon was. Net?

Feinspitzen sei verraten, daß man von Sankt-Jimmy in eineinhalb Stunden mit dem Auto am Meer ist und daß die Fresken im Dom von einmaliger Schönheit sind. Sie sind so herrlich, daß sogar mein junger Freund Herbert Giese, der heilige Florian der modernen Scheußlichkeiten (sei's Theater, sei's Papier oder sonstwas), ins Knie sinken würde - ein Anblick übrigens, den ich einmal erhaschen möchte.

London

Sie haben sie nicht gekannt, die Herren Fortnum und Mason? Ist ja kein Wunder, sie sind schon vor ungefähr 300 Jahren gestorben, oder 250! Vor 300 Jahren aber gründeten die beiden Gentlemen eines der hinreißendsten Lebensmittelgeschäfte der Welt - mitten in der City of London, gleich dort, wo der Engel seine Flügel in den Himmel über dem Picadilly Circus streckt. Ich gebe es ja zu, ich esse gerne und wenn es geht, gut, kenne allerlei Wallfahrtsorte der Gaumenfreuden der Freßstraße (Feinschmeckerallee) im Kaufhaus des Westens in Berlin bis zu Fauchon in Paris, aber das dort in London, das ist für mich der Gipfel. Nicht, daß es ausgefallener, reichhaltiger, exquisiter wäre ... nein! Es ist etwas, was man sonst in dieser Form kaum findet - es ist „vornehm", dieses Geschäft.

Die unsagbar höflichen Oberverkäufer gehen im Cutaway herum mit gebügelten, gestreiften Hosen, weißen Hemden und Schuhen. Ja, ich geb's zu, es wirkt ein bissl antiquiert, aber es hat Charme und vor allem Stil. Stil, wie die Kleidung der Leute auf den Straßen. Nicht so wie bei uns oder gar in Deutschland lauter Blue-Jeans-Uniformierte oder braun, grau, schwarz verhängte Weiblein, die gerade jetzt zu 60 Prozent einen unerhört tristen Plüschdeckel als Hut tragen. Nein - die Männer, meist groß und schlank in guten Anzügen, die Frauen und Mädeln bunt, mit grünem, roten oder kamelfarbenen Oberkleidern. Fröhlich das alles, ungezwungen. So stell' ich mir Mode vor - nicht lauter trübe Ameisen mit vermiesten Gesichtern.

London, England steif? O Gott! Dazu ein lebendiges Kulturleben - Mantegna-Ausstellung in der Royal Academy -, leider schlecht beleuchtet und gesalzene Eintrittspreise, aber überlaufen. Theater, die sich nicht lebendig nennen, sondern es sind, Konzerte und Ballett zum Niederknien. Und all das ohne Geschwafel, ohne sich in Szene zu setzen und gescheit zu tun. Und - natürlich glänzend besucht.

Wirtschaftlich allerdings ist es traurig bestellt um das Inselreich. Aber es wehrt sich, kämpft und ist - fair. Die Konservativen liegen nicht gerade hervorragend, die Sozialdemokraten haben gelernt, wieder auf das Volk zu hören (auch da sind uns die Briten voraus), und sie werden sich wieder neu etablieren. Die Vorzugsschüler Europas, die, die derzeit das meiste Geld und damit das große Sagen haben, sind nicht sehr beliebt, da mag man uns Österreicher schon eher. Dazu trägt sicher auch bei, daß unsere Image-Polierer dort Glänzendes leisten, und ab Juni wird es noch leichter sein, Punkte zu machen. Unsere Kulturoffensiven schlagen ein, die Siege bei den Olympischen Spielen werden bestaunt, aber nicht sehr ernstgenommen.

England ist kein Wintersportland. Dafür blühen im März im Hyde Park schon die Stiefmütterchen, und das Gras ist grün wie im Lied „Es grünt so grün" aus My Fair Lady. Ich habe ein Jahr meines Lebens als Prisoner of War (Kriegsgefangener) verbracht. Englische Kriegsgefangenschaft war nicht lustig - aber fair!

Ich habe die Sportsmen schätzen gelernt. Schön, daß meine Besuche im Land des Union Jack meine gute Meinung immer wieder bestätigen. Nicht, daß ich das Elend in London übersehen hätte. Die desolaten Vorstädte, die Suppenküchen und Arbeitslosenämter, vor denen man sich anstellt - zu Tausenden. Nur ist man auch dort freundlicher, hilfs- und risikobereiter als anderswo, und das ist zumindest erstaunlich und respekteinflößend.

Berlin

Berlin ist kein Dorf! Dieser alte „Sager" gilt noch immer, wenn auch nicht auf allen Gebieten. So denke ich, seit ich wieder einmal zwischen Wien und Berlin hin und her pendle, um Felix Mitterers „Sibirien“ zu spielen. In Wien im Akademietheater, in Berlin als Gastspiel der „Burg“ im Theater am Schloßpark. Meine Salzburger Leser und Freunde konnten also beruhigt sein: Als ich 1993 den Monolog am Landestheater gesprochen und gespielt hatte, war eines sicher: ich konnte ihn bestimmt auswendig. Nein, Scherz beiseite, es ist eine Lust, ein Stück 100 mal zu spielen und es in verschiedenen Städten vorführen zu können. Auch die Berliner, „helle“ wie sie sind, akklamieren und verstehen die Anklage Mitterers gegen die Unmenschlichkeit auf Anhieb und beklatschen sie heftig.

Ich habe mich in der Nähe des Kurfürstendammes eingenistet und frische Erinnerungen auf, besuche mein geliebtes Café Möhring - mit ausgezogenem Apfelstrudel und Einspänner mit Schlagobers - nicht mit „Schlagsahne“, wie in manchen ewig devoten Lokalen in Österreich, wo man gerne die Eigenart des Landes gegen DM eintauscht.

Berlin-West ist etwas ruhiger geworden, dafür beginnt der Ostteil der Stadt merklich zu leben. Die Menschen können endlich alles kaufen - wenn sie Geld haben. Aber leider haben das nur sehr wenige, und so sieht man heute noch Augen, die trübe und unsicher über das Warenangebot streifen. Das eine ist weg, das andere noch nicht da, eine Situation, die wir aus den Jahren '46 bis '51 kennen.

Aber die schaffen das schon - meint ein Freund, der in Berlin lebt, nur - die Alten werden das Goldene Zeitalter kaum mehr genießen - weil dauern wird's noch lange, bis es ausbricht.

Ich gehe forschend durch die Stadt. Meine Lieblingsgegend - Prenzlauer Berg, die alte Proletariersiedlung, ist unverändert desolat, dafür wurlt's am Alexanderplatz wie ehedem am Ku-Damm. Die U-Bahn donnert unter der Erde quer durch die Stadt, die S-Bahn rattert wie eh und je in Höhe des ersten Stocks vorüber. Keine Stadt ändert ihr Gesicht so oft wie Berlin. Erinnerungen: Reichstagsgebäude, Unter den Linden, Bendlerstraße, Landwehrkanal. Die Stalinallee und die Zetkin-Straße heißen wieder so wie vor '33, und das KDW ist noch immer ein Paradies für Feinschmecker. Alte Lokale (Aben, Diner) sind verschwunden, aber bei Hardtke ist det Eisbein „dufte“. Nach wie vor.

Nur einige wenige Zeitungen erscheinen in der Dreieinhalb-Millionen-Stadt, und man tut gut daran, auch in die Vororte zu fahren. Spandau, Steglitz, Glienike. Ich suche und finde Altes, Vertrautes - nur - die ganz alten Freunde sind nicht mehr da. Österreichs Generalkonsulin kümmert sich rührend um den „Gast aus Wien“, und einige Kollegen aus Wien halten noch die Stellung in Berlin.

Der großartige Ex-Josefstädter Peter Matic, der wunderbare Walter Schmidinger, Gerhard Klingenberg und wie sie alle (es sind nicht allzu viele!)

heißen. Ich pendle nicht nur zwischen Wien und Berlin, sondern auch zwischen „Türkischem" und einer „Weißen mit Schuß" (Bier mit Himbeersaft). Und in ruhigen Minuten denke ich ans Tomaselli, ans gemütliche Landestheater und an den Mirabellgarten. Ob wohl Schnee liegt dort? No ja, a bissl Sehnsucht wird doch erlaubt sein?

Pariser Impressionen

Fast 12 Stunden haben wir gebraucht von Feldkirch in Vorarlberg bis Paris. Kochend heiß, der Asphalt glüht, die Air-Condition arbeitet; Gott sei Dank. Die Einfahrt nach Paris von Fontainebleau bis zum Dom des Invalides 1½ Stunden. Sonntag abend Stau und Hitze. Die Nacht im gewohnten Hotel (etwas abgewohnt, aber mit garantiertem Parkplatz) schweißtreibend - ab 4 Uhr früh kommt Wind auf - es wird kühler.

Dabei sind wir, mein Enkel Markus und ich, bis Mitternacht bei Fuoqué auf dem Champs-Elysées gesessen und haben Café Liègois geschlürft. Nix hat's genützt. Aber - fast hätte ich das blöde Wort „was soll's" gebraucht - Paris ist auch diese Reise wert.

Sommer - der Verkehr auf den Straßen ist nicht so extrem geballt wie während des Jahres, die Metro auch zur Zeit des Arbeitsbeginns nicht zu voll. Immer noch auf der Strecke von einer Station zur anderen ein bissl Grottenbahnstimmung und vertraute Geräusche. Nur der Geruch, diese eigenartige Mischung von - kann Elektrizität riechen? Ich denke schon - Elektrizität, Staub, Schmiermittel und menschlicher Ausdünstung ist verschwunden. Er war mir so vertraut, aber immerhin, es sind über 50 Jahre vergangen, seit ich ein täglicher Frequentant dieser Kolossaleinrichtung Metro war.

Als „Besatzer“ in deutscher Uniform bin ich täglich zu meiner Dienststelle gefahren. Vom Boulevard Montmartre zum Marignan. Täglich habe ich mich geschämt, ich wußte, ich bin den Parisern in diesem Kostüm ein Greuel. Als mich die Feldgendarmerie nach meiner Verhaftung mit Handschellen gefesselt mit der Metro nach Clichy zum Prozeß geführt hat, war es das erste Mal, daß ich hochgehaltenen Kopfes über die unzähligen Stufen des Verkehrslabyrinths marschierte. Die Franzosen mochten mich für einen gerade festgenommenen Verbrecher halten, mich hat das nicht gestört. Ich wußte, warum ich so daherkam und war - stolz. Ängstlich, aber stolz. Wir hatten den gleichen Feind und das verband mich mit den Parisern und Paris.

Dieses Gefühl ist mir bis heute geblieben. Die Welt hat sich gewandelt, aufrechte Männer haben jahrhundertealten Haß zum großen Teil überwinden geholfen, neue Partnerschaften (die man großsprecherisch zu früh Freundschaften nennt) sind entstanden. Europe Uni, ein neues, hoffentlich für ewig friedliches Europa, aber die Erinnerung ist geblieben, ist da, wird nicht verleugnet. Gut so - nicht alle müssen sich ihrer Geschichte schämen. Und die Metro rollt. Gesichter, Augen, Haar- und Hautfarben eng nebeneinander gestellt. Kleine hektische Franzosen (die mit dem berret basque sind ausgestorben), satte Provinzbewohner, müde Arbeiter, ernst blickende Kauf- und Geschäftsleute, Angestellte und Unifomierte. Weiße, Schwarze, Algerier, mohammedanische Frauen mit ihren weißen Tüchern, langbärtige Juden mit breiten schwarzen Hüten und feucht glänzenden Augen, Inderinnen, Malaien, Philippinos und Chinesen. Einer neben dem anderen, ganz selbstverständlich. Mir scheint, die Pariser sind klüger, verständiger, toleranter als die Bewohner anderer europäischer Städte. Nicht einmal in London geht es so ohne große Reibungen vor sich, das Zusammenleben.

Nach einem Besuch im zu Recht berühmten „Lido“ (ich muß ja schließlich meinen 18jährigen Enkel auf den Geschmack bringen) war die Nachtruhe erholsam. Endlich ist es kühler geworden. Wir tratschen noch vor dem Einschlafen über dies und jenes. Der neue Louvre, die Vorbereitungen für die Parade am 14. Juli und immer wieder Lido-Revue. Nach wie vor sehr hübsch, sehr perfekt und professionell. Schöne Menschen, große Artisten - aber im Grunde genommen immer noch das nämliche Rezept. Schöne Frauen dezent barbusig in den gewohnten Kostümen; Straußenfedern (aus Plastik?), Samt, Schleppen und Flitter. Das schreitet und wogt, marschiert und tanzt, von eleganten Tänzern assistiert. Aber die armen Mannsbilder können tun, was sie wollen - alle, auch die Damen, fixieren die Frauen. Nur die Frauen, die langbeinig, schlank und strahlend die Revue dominieren. Ein Eiskunstlaufpaar, Wasserspiele, Licht und Feuer, Konservenmusik. Einige Tableaus habe ich schon vor Jahren gesehen, aber das stört nicht. Hübsche Erinnerungen sind es auf jeden Fall. 1000 Schilling pro Person (inkl. einer ½ Flasche Champagner, die man auch gegen zwei Flaschen Coca Cola umtauschen kann) ist die Sache wert, besonders, wenn man sie zum ersten Mal sieht wie mein Markus, der davon sichtlich angetan war. Erst auf mein dringendes Bitten hat er aufgehört, ständig: toll, toll, toll! zu sagen. Da hätte ich, wenn ich das hören wollte, gleich im Burgtheater bleiben können und hätte nicht bis an die Seine reisen müssen.

Adieu Paris, adieu kleines Hotel Résidence Saxe, adieu Freund Altmüller vom österreichischen Kulturinstitut. Wer weiß wann, ob überhaupt?

Tour de France

Auf der Fahrt von Paris nach Toulon. Station und Übernachtung in Vienne. Die Stadt ist gewachsen, den berühmten Speisetempel „Les Pyramides“, wo Hr. Point so köstlich kochte, habe ich nicht gefunden. Genausowenig wie ein ordentliches Hotelzimmer - ein Jazzfestival war ausgebrochen. Zehn

Kilometer außerhalb der Stadt fanden mein Enkel und ich ein Motel. Billig. Zellenartige Kleinzimmer, einfach, no ja, eher schlicht möbliert (waren die Spartaner einmal als Besatzungsmacht da?), aber ein lieber Garten mit Schwimmbad und ein ganz gutes Restaurant. 250 Francs für 2 Personen pro Nacht - was ist da zu verlangen?

Dann ging's weiter über Orange - das wär' ein Theater, dieses alte römische dort, für einen „fortschrittlichen" deutschen Direktor. Kein Plafond - Freilicht, dort können empörte Zuseher ganz leicht in die Luft gehen und durch Elevation entweichen.

Avignon - die Brücke ist ja noch immer nicht fertig - Sauerei! Papstpalast - ohne Papst und dann: Toulon! Da sitz' ich nun bei „Raoul" - einer Art Würschtlmann auf französisch - am Strand und trinke meinen ersten Pastis. Bescheiden, was?

Daß man 1000 und etliche Kilometer reisen muß, um hierher zu kommen, ist nicht erwähnenswert, weil ja sonst der Nimbus der Bescheidenheit schwinden würde. Aus dem Radio hinter mir die Stimme eines Chansonniers. Sehr schön, gekonnt, klug und oft revolutionär. Nicht das fade, eingebildete Intellektuellengeraunze der selbsternannten Hofpoeten der Republik Österreich - dieses heiser hingehauchte: „I hab' a Schwa-a-h-alberl fliagen segn" und ähnliche sich als elegante Dialektmuse ausgebende Schwachsinnigkeiten, bei denen man den Hörer zurufen müßte: „Achtung, Mitmensch!"

Hier klingt das echt, sehr echt sogar: J 'aime le communisme, j'aime le socialisme, je t'aime, ma veste ... Das klingt in mir wie ein Nachhall der Zeit, in der mein Sozialismus noch Bruno hieß und das ist eine Ewigkeit her. Die Abende bei Jacques Hannak fallen mir ein. Der alte Mann lehrte viele von uns, die wir andächtig zuhörten. Der junge Heinz Fischer, Leopold Gratz, Karl Blecha ... Andernorts tobte Josef Hindels, begann Rupert Gmoser das rote Gewissen seiner steirischen Heimat zu werden.

Die Gedanken kehren zurück an die Ufer des Mittelmeeres. Chansons! Echte! Und Kinderaugen. Kinderaugen aus Gesichtern aller Hautfarben strahlend. Lachende, traurige, schon sehr wissende und - da schaut mich so ein Zwergerl an, vielleicht 4 Jahre, dunkel die Haut, dunkel die Haare. Er hält den Kopf schief, lacht ganz unbefangen, zieht die linke Schulter hoch. Will er was? Nein - er steht nur da und schaut, dann tapst er langsam ins Wasser, das heute ziemlich kalt ist. Ein U-Boot fährt still und unspektakulär in den Hafen ein, zwei Hubschrauber donnern über die Sonnenanbeter. Trotzdem - es ist still hier, bei allem Lärm still. In mir ist viel Ruhe und Zufriedenheit. Europa ist Vielfalt, hat Alois Mock postuliert. Hier manifestiert sie sich. Und wir gehören dazu. Kein schlechtes Gefühl.

In Paris hat mich eine Dame aus Wien angesprochen - ich bin grad im Kaffeehaus gesessen und habe geschrieben. Sie war mit ihrem Enkerl und dessen Freund nach Paris gekommen, um das Euro-Disneyland zu sehen. Nein, das in L.A. ist schöner, meinte sie. Wo die Leut' heutzutage herumfahren! Und wie selbstverständlich das alles geworden ist! Nicht, daß ich den Zeiten der Not (nach dem 1. und 2. Weltkrieg) nachtrauerte, aber wir waren schon glücklich, wenn wir ins Kongreßbad gehen konnten, ins Arbeiterstrandbad oder in die Militärschwimmschule an der Alten Donau. Meine Frau, die Franzi, erinnert sich noch heute oft daran, wie sie mit der Straßenbahn „baden“ gefahren ist. Für 3 Stunden an der Sonne 2 Stunden Tramway fahren. Hamstern gehen über die eingestürzte Reichsbrücke - nein, nix ist „selbstverständlich“. Aber die Menschen sind nicht dankbar. Entweder sie sind ängstlich geblieben wie die Franzi oder sie wollen gar nicht verstehen, in welcher Zeit des Wohlstandes sie leben. Eines anderen Wohlstandes als der, den einmal nur die Reichen genießen konnten. Volkswohlstand sollt' man das nennen. Nie hätte man vor 80 Jahren etwa daran zu denken gewagt, daß einmal eine Zeit kommen würde, in der niemand hungert in unserem Land. Und das ist bei Gott nicht nur unsere Tüchtigkeit, unser Fleiß - nein, das ist einfach Glück, das auch Österreich einmal hatte und hat. Später als die tüchtigen Deutschen sind wir wohlhabend geworden, dafür verstehen wir sicherlich besser, das zu genießen und uns drüber zu freuen.

Mächtig fährt ein Kriegsschiff Richtung Hafen - also wenn man diesen ganzen Militärdreck auch einsparen könnte ... Aber so weit wird die Menschheit nie kommen und nicht nur, weil die Waffenindustrie das nicht zulassen würde. Ein Ball, klein und bunt, landet auf meinem Tisch, pumpert meine Gedanken weg. Der Kleine steht wieder vor mir - lacht, leckt sich mit der Zunge über die Lippen. Ich habe Lust, ihn an mich zu drücken. Möge ihm ein hartes Schicksal erspart bleiben.

Ghetto Warschau, Fetzenkinder, verlaust mit großen Augen, nur von einer Stunde zur anderen lebend. Bombennächte in Berlin, Dresden, London und Wien. Kinder im Keller im Phosphorstrom. Kinder in Sarajewo in Trümmern und Spitälern. Alles wird grau vor meinen Augen. Die Bilder, die Gedanken vermischen sich. Zwei Welten so knapp nebeneinander. Muß das sein? Nein, es muß nicht - aber es ist - leider. Ist es wirklich so schlimm? Obwohl wir es zufällig diesmal nicht spüren? Das kann nicht sein - das läßt er nicht zu! Er läßt, und das ist schlimm.

OH DU MEIN ÖSTERREICH!

Das echte Wien

Mit meinem Freund Michael Janisch (Burgtheater-Pensionist und Tatort-Star als Inspektor Fichtl) traf ich mich Mitte Mai im Volksgarten. Michl hat eine Herzklappenoperation gut überstanden und beginnt nun seine Lebensgeister hoch fliegen zu lassen. Also Volksgarten-Meierei(!) selbstverständlich. Wieso selbstverständlich? Ich will es erklären.

Wien, die Stadt, wo alles anders ist (wie ein ziemlich läppischer Werbeslogan verkündet), ist Gott sei dank nicht sehr anders geworden. Wien ist eine Traumstadt geblieben und wurde in den letzten zwei Jahrzehnten des Wohlstandes immer schöner. Die gut verwaltete Communität ist sauber, gemütlich und relativ sicher. Neue Bauten ragen in den nicht sehr verschmutzten Himmel, die Wiener Luft ist - wie das Wiener Wasser - nach wie vor ein Jungbrunnen und Labsal. Wenn auch da und dort Kasperliaden etabliert wurden - den Gesamteindruck stören sie nicht, es gibt Leute, die das sogar schön finden. Da baut der Hundertwasser eines seiner Spiralen-Häuser, dort der Arik Brauer ein lustig Hüttlein, jetzt soll auch der liebe Kumpf ein pannonisches Bauwerk hinsetzen. Soll er! Ich hab' mich an das Haas-Haus gewöhnt (was blieb mir übrig?), das Antifaschismus-Denkmal des Alfred Hrdlicka beginnt mir zu gefallen. Je öfter ich es seh', desto mehr gfallt's mir. Aber mein Herz hängt halt an den Einmaligkeiten meiner Stadt. Nein, nicht das Rathaus, das Burgtheater, die Votivkirche, der Steffl gar. Nein! Die Einmaligkeiten sind die paar noch rumfahrenden Fiaker (merken Sie auch, daß kein Autofahrer meutert, wenn er hinter so einem Zeugl daherfahren muß? Sonderbar, was?), der Würstelmann am Schwarzenbergplatz, der mit dem Soloschmäh und den scharfen Pfefferoni, die verträumten Kaffeehäuser und - ja, der Milchpavillon im Volksgarten, genannt - die Meierei!

Da sitzt man, für wenig Geld und also für alle erschwinglich, unter großen Sonnenschirmen, riecht den Duft der in der Nähe wachsenden Rosen, schaut zum Theseus-Tempel hinüber - zu meiner Jugendzeit mußte der Sportler, der in Bronze geformt dort steht, ein Blatt vor dem kleinen Zumpfi tragen - und verzehrt die nämlichen Köstlichkeiten wie vor 50, 60 Jahren. Und sie schmecken noch immer köstlich, einmalig und nur dort - nur dort. Sonst nirgends (außer im Café Landtmann und im Raimund). Milch (ich mag lieber die süße, meine Süße eher die saure), zwei Eier im Glas und ein Butterbrot mit Schnittlauch. Man frißt sich in die Jugend, ja in die Monarchie zurück, auch wenn man - wie ich - gläubiger Republikaner ist und stolz auf unsere rot-weiß-rote Fahne, die ohne den Zweiköpfigen der Habsburger auf der Hofburg und am Ballhaus weht. (Für Nicht-Wiener sei gesagt:

Hofburg - Sitz des Bundespräsidenten, Ballhaus - Sitz des Kanzlers und des Außenministeriums.)

Ich komm' mir in der Meierei so behütet vor - sehe im Geiste meine Mutter dort Eiskaffee schlürfen - jede „Saison“ zwei- bis dreimal, öfter ging es sich wegen materieller Probleme nicht aus. Der Michl und ich, wir treffen uns gern dort, obwohl er eher zum „schwarzen Kameel“ tendiert, einem Lokal, das von den sogenannten oder sich selbst so nennenden höheren (besseren) Kreisen frequentiert wird. Wieso mein alter Freund Fritz von Ledermeyer (der wohl ein Ledermeyer, aber so was von keinem von war) dort hingekommen ist, weiß ich nicht. Vielleicht, weil er auf seinem Rockaufschlag das Krönchen des Erzhauses trug und gern unter „Seinesgleichen“ war. Hei! Blitzten dazumal noch die Monokel. Also ich - ich bin eher ein „Meierei“-Sitzer. Nicht oft im Jahr, aber aus tiefer, inbrünstiger Überzeugung.

Innenstadtbummel

„Wien ist anders“ - so schreit es, ruft es, lockt es von den Plakatwänden. Ist man aber in der Stadt, dann ist vom „freundlichen Wiener“ wenig zu sehen. Es wurlt, brodelt, fließt und strömt. Da ist es wohlgetan, in die Nischen der Stadt zu flüchten, wo Wien noch Wien ist.

Gestern erst wurde mir diese Einstellung bestätigt. Um Fünfe im Körbl (so heißt das Cafe Korb bei den Frequentanten) saß am Nebentisch die Dichterin. Schwarz gekleidet, Glockenhose und Pullover, ein englisches Militärbarett auf dem blonden Haar. (Der Kommandant meines Kriegsgefangenenlagers trug so ein Kappl, nur eleganter, schiaberischer sozusagen.) Als sie, strengen Gesichts, aufbrach, fiel mir auf, daß sie ein Rucksäcklein auf den Rücken warf - was sehr beeindruckend war.

Am Graben begegnete ich dem großen Maler und Aktionskünstler. Auch er in Speckig-Schwarz, aber mit Breithut und Zausebart ging er, das Baucherl vor sich her schiebend, kleinschrittig durch die Stadt. Ich liebe Menschen, bei deren Anblick kein Zweifel aufkommen kann - das ist ein Künstler! Schwarz hat den Schlapphut abgelöst!

Nahezu „normal" dagegen wirkte das Wiener Original Wald-Luft-Licht-Sonne am Buffettischerl beim Trzesniewski. Da stand er nun - auch ganz Künstler, nur im dunklem Weiß - mit Lorbeerkranz im Haar, trank einen Pfiff Bier und verspeiste, wie ein ganz gewöhnlicher Sterblicher, Paradeisbroterln, Pfefferoni und gehackte Leber. Unglaublich menschlich wirkte der selbsternannte Apostel des Friedens, der zum Stadtbild gehört, wie seinerzeit die Dame mit der Wespentaille oder die Gräfin Triangi.

Der Abend aber war der Höhepunkt meines Innenstadtbummels. Premiere des Lucona-Films (mit Geldern der österreichischen Filmförderung verbrochen). Eine große neue Illustrierte inszenierte den Uraufführungsabend weitaus interessanter und unterhaltender als der ganze Film ist. Ein paar gute Schauspieler, ein paar wilde Schnitte, ein unsagbar dummes Drehbuch und ein Kübel Dreck über unsere Republik. Sieht sich so an, wie sich ein „politischer Brief" liest. Freiheit der Kunst - so tönt es rechtens. Aber so nicht, bitte - weil irgendwelche Trottel werden da und dort sagen, no ja, irgendwas wird schon dran sein. Mag sein, daß „was dran" ist. Am Film „Lucona" ist nichts dran als Absurdität und viel Unappetitliches.

Facit: Wenn schon so ein Tineff gedreht werden muß, dann bitte auf hundertprozentiger Privatbasis, ohne öffentliche Gelder und Schillinge aus der sogenannten Filmförderung. Mich wundert, daß in den Kritiken auf die wahren Ziele des Unternehmens nicht eingegangen wurde, denn die sind (bei aller Tarnung) leicht zu erkennen - wenn man nur erkennen will.

Heuriger und Pawlatschen

Im Gedichtband „Wiener Melange" widmet die Dichterin Trude Marzik ihr „Beim Heurigen in Nußdorf" dem Schübl-Auer. Sie schreibt, Heuriger is net gleich Heuriger, aber des waaß nur a Wiener. - Mein Gott, hat die Trude recht.

Die „Fremden-Heurigen" sind zu Wurstelprater-Attraktionen (die es auch kaum mehr gibt) verkommen, die Wiener Weinbeisser, also die wahren Heurigenbesucher, haben sich nach Stammersdorf verzogen, die „gehobene“ Gesellschaft aber sitzt in Kreiskys Stammlokal beim Zimmermann in der Armbrustergasse oder eben beim Schübl-Auer.

Altes Haus aus der Vor-Türkenzeit, wunderbarer Garten mit alten Bäumen, noble „Wirten“. Die Pflaums sind gebildete, arbeitsame und kultivierte Menschen - er z. B. braucht seinen Doktortitel nicht, um das zu beweisen - und die Dame des Hauses hat eine Idee geboren, für die sie bestimmt in den Himmel kommen wird. Kunst beim Heurigen! Tradition bester Sorte. „Mozarteum zu Gast in Nußdorf“ - Morgenkonzert - und was besonders aufregend ist: Sonntags-Matineen der Philharmonia-Schrammeln. Zwei Violinen, eine Knöpferlharmonika, eine Kontergitarre und natürlich das picksüße Hölzl - so nennt man in Wien die kurze G-Klarinette. Ich glaub', der Drahanek hat sie bei den Schrammeln, die aus Litschau an der böhmischen Grenze stammten, gespielt.

Als Gast durfte ich schon oft mit Gedichten und Prosa wienerischer Färbung mitwirken. Der Erich Auer, der Karl-Heinz Hackl, die Schönauer und die Marzik - alle tun mit und bekennen sich so zum Wienertum, seiner Tradition und zu unseren Vorfahren, den Kinstlan von der Pawlatschen. Ein paar Bretter auf Fässern (beim Schübl-Auer ist es ein Salettl mit kurzem Podium) und fertig ist die Bühne. Wichtig ist dort nur, was und wie es geboten wird und das war in Wien nie von minderer Sorte. Richard Strauss und Hugo von Hofmansthal haben einer Pawlatschenfigur ein herrliches Denkmal gesetzt: die Fiakermilli in der „Arabella“.

Ich erinnere mich, 4 oder 5 war ich und mein Großvater hat mich zum Heurigen mitgenommen, zum Turl Wiener. Ich mußte was aufsagen und der Herr Direktor sagt: Der Bua wird was, der landet auf der Pawlatschen. Recht hat er gehabt, ich bin am Burgtheater gelandet. Das ist keine Abwertung - wer mich kennt, weiß, wie ich die Pawlatschen schätze, und österreichisches Theater hat immer ein bissl mit volkstümlicher Fröhlichkeit zu tun. Ich weiß das, ich war jahrelang beim Leicht im Prater.

Kabarett Leicht

Sie erinnern sich? Wilhelm Leicht - sein Bruder Ferdinand hat das Lied „I und der Mond“ geschrieben - betrieb das Varietè Leicht im Prater, an den Schienen der Liliputbahn gelegen, gleich neben den heute noch bestehenden Schweizerhaus der Firma Kolarik & Buben, wobei Buben nicht die Söhne des Herrn Kolarik sind, sondern Buben nix ist als ein Familienname. Bei Leicht trat auf, was in Wien Rang und Namen hatte. Pallenberg, die Niese, Bassermann und Moissi, Hans Moser, Richard Eybner - aber ich kann sie gar nicht alle aufzählen.

Kurios war, daß der Leicht auch ein ständiges „Ensemble“ zur Darstellung von Sketches hatte.

Der Kaffeesieder Carl Hauser war Regisseur, es spielten Nessi Pucher, Kurt Reding und Irene Reiner sowie der einstmals berühmte, jetzt mehr vom Heu aufs Stroh gerutschte (oder, um es genauer zu sagen, der dem süßen Tropfen sehr zusprechende) Josef Zetenius und ich. Ja, ich war 19 und durfte dort. Zuerst für Schillinge, dann für 25 RM pro Wochenende - drei Vorstellungen. Samstag wurde abends gespielt, Sonntag um 4 Uhr und um 8 Uhr. Schon die Garderobe für die Damen und Herren Künstler war sensationell. Tiefschwarz war alles, von den Wänden bis zu Tischen und Sesseln.

Ich habe, berichtete Direktor Leicht, das Inventar einer aufgelassenen Filiale der Fa. Payer & Schmutzer (eine Leichenbestattungsfirma) aufgekauft. Äußerst billig. Sogar unbedruckte Partezettel waren dabei - die verwenden wir jetzt als Programme. Es war auch eine Uniform für einen Pompfüneberer dabei. Ich habe sie erworben und dem Dr. Rudi Weys, dem genialen Autor, den Auftrag erteilt, einen Sketch zu schreiben, wo ein solcher die Hauptrolle spielt.

Die einzigen, die nicht erstaunt waren über die Erzählungen Leichts, waren die acht Mandln „Don Kosaken“, weil sie nur Russisch verstanden. „Der geniale Don Kosakenchor unter seinem großartigen Leiter Prof. Dr. Sergej Jaroff singt heute bei uns. Von den 40 Mann sind leider nur 8 gekommen, die anderen sind mit Löscharbeiten in ihrer Unterkunft beschäftigt.“ Solche Ansagen waren keine Seltenheit. Der gewichtige Direktor zahlte keine großen Gagen und den Kosakenchor hätte er nie bezahlen können. Aber - die 8 sangen sehr schön.

Leicht fand alles genial und seine Conférencen waren Kabinettstücke der Übertreibung. Peter Wehle, kurz vorher promoviert, wurde von Leicht als der geniale, herrliche und großartige Generalmusikdirektor Prof. Dr. Peter Wehle annonciert, Kurt Nachmann als der geniale Dichter Prof. Dr. Kurt Nachtmahr. Meinen Familiennamen konnte oder wollte er sich nicht merken, er sagte nur: In der Rolle des Franzl unser Fritzl, den eh' jeder kennt. Natürlich kannten mich damals nur sehr wenige Leute im Publikum, aber das tangierte den Chef nicht. Wichtig war ihm, daß ich ihm und seinem Associé Hornschuh aus Paris - wo ich damals als Soldat stationiert war - Seidensocken schickte. Ich tat es, gerne auch noch dazu, denn ich mochte den alten Praterstriese, und er schrieb mir einen Dankesbrief, der in den Satz: Ich werde jeden Schritt in diesen Socken auf Ihre Gesundheit gehen - gipfelte.

Wissen Sie, Fritzlein, Gage ist bei mir nicht viel zu haben, aber - wer einmal hier auf dieser Planken steht, der ist akzeptiert.

Und sie standen wirklich alle auf der „Planken“, die das Etablissement umschloß. Die Rökk, der Heesters, der Grünbaum und der Eisenbach, der Farkas und dann halt der Conrads und - ich. Ich war stolz drauf, beim Leicht auftreten zu dürfen.

Der Krieg zerstörte die Planken und das Lokal 1945. Sogar der Geist des Varietè Leicht ging in Flammen auf.

Lipizzaner

Das erste große österreichische Sommerfest ist eröffnet! Am 14. Mai 1993 - einem mailichen Sommertag - gab der Wiener Oberbürger den Startschuß ab, nicht ohne des grausigen Krieges an unserer Südostgrenze zu gedenken und weitere Hilfe anzukündigen. Tausende Schaulustige hatten sich am Rathausplatz versammelt - das Rathaus hat, wie jedes andere Haus in Wien, ein Nummernschild: Rathausplatz 1. Kameras waren auf Position, der Wind wehte lau durch die blühenden Kastanienbäume, Fahnen flatterten. Alles wie gehabt, denn was hatte dieser Platz nicht schon alles gesehen? Kaiserliche Soldaten in Paradeuniform, Katholikentage, Sängerfeste, Fackelzüge der Nazis und Maiaufmärsche der seit vielen Jahrzehnten die Stadt regierenden Sozialdemokraten.

An diesem 14. Mai jedoch waren andere Stars als die Barden der Politik, der Demokratie (Lichtermeer) und der Popmusik tonangebend. Die Festwochen 1993 eröffnete das Ballett der weißen Pferde, die Lipizzaner der Spanischen Reitschule zu Wien. Wer diese Königsidee hatte, ob Wiens Oberfestwöchnerin, die Kulturstadträtin Dr. Pasterk, oder der neue Festwochenintendant? Ich weiß es nicht. Ich weiß nur, daß es eine großartige war. Elf weiße Hengste verzauberten eineinhalb Stunden lang die Menschen und den zur Reitschule umgestalteten Platz. Wie sie da aus dem Rathaus herauskamen - edel, stark und feurig, die Bereiter stolz tragend -, ein Anblick, wie es ihn noch nie vorher gegeben hat. Fanfarenbläser in goldenen Prunkgewändern mit Dreispitz und Jabot, Paukenschläger und - österreichische Musik. Prinz Eugen, der edle Ritter, Polonaisen und der Strauß-Walzer. Zu alldem tanzten, trabten, galoppierten die Nachfahren derer, die einst aus Spanien zu uns gebracht wurden in das Gestüt von Lipizza. Arabisches Vollblut hatten sie, und noch heute werden sie geschult nach meist mündlichen, 400 Jahre alten Überlieferungen.

Das Volk von Wien genoß das Fest. Vergessen die schmähliche Fußballniederlage in Finnland, vergessen der Krieg im ehemaligen Jugoslawien, vergessen alle Zwistigkeiten, alle „Raunzerei"-Tradition!

Dem Rathaus vis à vis liegt an der Ringstraße das österreichische Nationaltheater, kurz „die Burg" genannt. Gar mancher „Gastarbeiter" mag verständnislos von seinem Fenster des Theaters das Treiben beobachtet haben. Soviel Nostalgie, soviel Tradition? Ist das zeitgemäß, wäre da nicht auch revolutionäre Neuerung nötig? Nein und zwölfmal nein! Wie würden die Bereiter aussehen, wenn sie, modernen Inszenierungen folgend, in Schwimmhosen mit Baseballkappen auf den Hengsten säßen? Die ja auch nicht Rock 'n' Roll, sondern noch immer und immer wieder Quadrillen tanzen und Courbetten zeigen. Das Volk von Wien ist ein modernes, aufgeschlossenes. Aber es liebt seine große Vergangenheit - auch weil aus ihr die sehr befriedigende Gegenwart hervorgegangen ist. Noch können die Wienerinnen und Wiener Feste feiern - Feste, wie sie in der Welt nicht zu finden sind. Ich habe oft - und werde es weiter tun - Kritik an meiner Stadt geübt. Diese Kritik ist keine Ablehnung, sondern entspringt der Liebe. Am 14. Mai 1993 war ich kritikloser Bewunderer, stolzer und gerührter Bürger.

Die Traumstadt Wien mit ihrer Hofburg, mit Schönbrunn, Prater, Belvedere und Stephansdom hat ihr schönstes Gesicht gezeigt. Älter geworden, reifer, selbstbewußt und edel. Österreichs Kultur ist moderner geworden, weltoffener, liberaler, aber zum Liberalismus gehört auch die Pflege des Althergebrachten. Und da stehen die weißen Tänzer mit ihren vier Beinen fest und siegessicher an oberster Stelle.

Festspiele

Eine Fünfte Mahler mit den Berlinern, das war heuer der Abschluß der Festspiele für mich. Jubel um Maestro Abbado, standing ovations - Schlußpunkt!

In der Pause stehe ich am Fenster im 2. Rang des Festspielhauses, schau' in den Regen hinaus und - zähle die Fahnenmasten, an die sich die Flaggen der Nationen wie nasse Unterhosen an weißhäutige Männerbeine schmiegen. Da fehlt manches Tuch, das vor Jahren noch stolz und furchterregend flatterte.

Sowjetunion, Jugoslawien - Rumänien, Bulgarien. Dafür sind neue Farben ins Spiel gekommen. Tudjmans Kroatien, Meciars Slowakei, Slowenien und - nein, Bosnien ist nicht vertreten. Serbien?

Ich finde es nicht. Wenn weiter Staaten zerfallen, wird die Hofstallgasse zu kurz werden für die vielen Masten, die man wird aufstellen müssen.

Zur Fahne Israels wird nun bald die eines Palästinenserstaates kommen, die Balten werden präsent sein wollen, die Koreaner, die Abchasen und, und, und. Small ist in, ob es auch beautiful ist, wird sich erweisen. Salzburg - neue Flaggen, neue Direktoren, neue Künstler, alter Hader, alte Spielregeln, alte - soll ich Intrigen sagen?

Ich lach' da oft sehr. Was hat mir mein Freund Tassilo Nekola oft erzählt, wie gegen ihn geschossen wird. Er hat es lachend genommen. Und hat weitergearbeitet - bis der Dr. Sertl kam - und gegen den ham's dann auch ...!

Es gibt viele Methoden, eine künstlerische Institution in aller Munde, oder noch besser, in aller Feuilletons (so nennt man heute Kulturberichte!) zu bringen und sie Jahre dort zu halten.

Ob mit Wurschteleien und schnoddrigem Gerede, wie das zur Zeit am Burgtheater der Brauch ist, oder mit klugen Informationen, denen ein Hauch von Humor innewohnt, wie Peter Stein das praktiziert, ob mit Schließungsgezeter (Schiller-Theater, Berlin), oder schlicht mit Charme, österreichischem Geplauder und viel Kunst (Circus Roncalli, dzt. Wien) ist egal.

Hauptsache, die Leut' reden davon. Wenn genug geredet ist, kann man ja wieder weggehen aus dem Land, das man beschimpft, beschmust, für das man kämpft, dem man schadet. Hauptsache ist nicht, daß man aufgeräumt, sondern daß man abgeräumt hat.

Namen wollen Sie hören? Ich bitte Sie, die wissen Sie doch selber - wenn nicht, dann gehören Sie nicht zur „Gesellschaft", die Leid-, Neid-, Jagd- und Jubelgesellschaft in einem ist. Das ist nix Böses, das ist Mentalität. Genial praktiziertes Ergebnis jahrhundertelanger Erziehung. Wischi-Waschi, Watschi-Watschi.

Nach dem Konzert steht ein Ehepaar vor dem Eingang. Gut gekleidet (Abendkleid und Smoking), wartet auf ein Auto. Vor drei Jahren noch geliebt und gehaßt, abgelehnt, trotzig verehrt.

Heute - er steht da, alt, schlank - kümmert sich kein Mensch um ihn. Abgehakt! Wie die alten Fahnen vor dem Festspielhaus. Weg, vorbei! Neues weht. Wie lange? Wer weiß? Vielleicht bis zum nächsten Sommer.

Orden und Titel

Wer erbt, hat's (meistens) leicht. Wer viel erbt, weil seine Urgroßväter Raub- und andere Ritter waren, hat's noch leichter. Und wer einen genialen Opi oder Papi hat, der ist kaum zu begreifen. Daher haben die Kaiser und Könige die Fürsten und solche Leut' geadelt und sich somit zu Freunden gemacht. Für eine gewisse Zeit wenigstens. Ist das heute auch noch so, oder hat sich auch da die Zeit geändert? Oder vielleicht ist England so, wie Wien sein will - anders.

Die Queen, mit Zores gut bedient, hat den großen Geiger Yehudi Menuhin baronisiert und ins Oberhaus gesetzt. Dabei ist der Künstler erst seit acht Jahren britischer Staatsbürger.

In Amerika als Kind russisch-jüdischer Eltern geboren (so lese ich - warum schreibt niemand: Alexander Kerensky als Kind russisch-orthodox-christlicher Eltern geboren?), hat sich Menuhin bestimmt nie träumen lassen, daß er einmal im House of Lords im guten alten England sitzen wird. Noch dazu, wo er nicht einer von denen war, die „eh schon alles gehabt haben"! Er mußte sich Ruhm, Anerkennung und - Geld - erfiedeln, und das viele Jahrzehnte lang, mit quälender Schwerarbeit. Ich freu' mich über diese Anerkennung und gratuliere.

In Österreich hat man einige Zeit versucht, mit Titeln und Orden so etwas wie einen neuen republikanischen Adel zu schaffen - Interventionitis hat diesen Plan verwässert und deklassiert. Professor, Kammersänger, Kammerschauspieler, Senator, ja sogar Kommerzialrat, das war einmal was. Heute? Heute, wo jede Opportunistenglatze ausgezeichnet wird, nur weil man sich vor ihrem Gekeife in irgendeiner rechtsrechten Postille schützen will - gehn S', hörn S' mir auf.

Ich darf das sagen, ich hab' selber ein paar Titel und schöne Orden, bin recht stolz auf sie - aber wann hab' ich (und viele andere) sie bekommen? Ich denke, es war vor der großen Flut, vor der Zeit, wo einer sich einen Orden umhängen ließ und sich zehn Minuten später darüber lustig machte und den Ordensspender ausgelacht hat, vor der Zeit, in der Anstand, Manieren, (Staats-)Bürgerstolz und gute Erziehung nicht mehr viel gelten.

Aber bitte, vielleicht wird's wieder besser, vielleicht werden Titel wieder mehr wert. Sie abschaffen würde ich nicht, denn auch damit ginge eine sehr österreichische Eigenheit, über die z. B. in der BRD viel gelacht wird und um die man uns beneidet, verloren. Wenn Titel verschwänden, wäre es so arg, wie wenn die AUA-Kennzeichen vom Himmel gefegt würden.

Illegale

Wenn's mir auch unangenehm ist, aber was wahr ist, ist wahr. Ich bin einmal mit dem FPÖ-Haider einer Meinung. In einer seiner launig-derben Reden, stellte er fest: Gegen die *Illegalen* muß endlich was getan werden. Bravo, Herr Doktor! Bravo! Dieser Meinung war ich schon lange, bevor die Welt Ihr Licht erblickte. 1934 habe ich das als 15jähriger schon gesagt - das war um die Zeit, als Ihr Herr Papi schon der Meinung war (so wie er es noch heute ist), einer, der illegal ist, muß auch ein edler Mensch sein. Zwar haben Engelbert Dollfuß und sein ständisches Rechtsregime sowie nach seiner Ermordung (durch Illegale!) Kurt von Schuschnigg immer irgend etwas gegen die Besagten unternommen, aber viel zu wenig! Uns bleibt also die Aufgabe, zu der Sie, Herr Doktor Haider, den Innenminister aufrufen. (Der Vorwurf, daß Minister Löschnak der Mann der FPÖ in der Regierung sei, müßte ein gerichtliches Nachspiel haben.)

Aber zurück zu denen, die noch heute Illegale sind. Sind es wirklich nur verführte junge Buam, mißbrauchte Fußballplatzrowdies, oder sind es nicht eher - viel eher - die Ewiggestrigen der heutigen Zeit? Deutschnationale im Nazistreif? Wie denken Sie, Herr Abgeordneter, darüber?

Nicht offiziell, sondern wirklich. Ich kenne nach einem Gespräch die Meinung des Bundesrates Andreas Mölzer, und achte sie, wenn ich sie auch nicht teile. Oft frage ich mich und Experten der Politik und der Seele, wie lange muß man sich noch mit diesen Ungeistern herumschlagen, wie lange wird es dauern, bis die Menschen begreifen, daß eine blutrot-braune Koalition (Kommunisten und Nazis also) nicht nur in Rußland möglich ist.

Gerade habe ich mit einem Freund telefoniert. No, der hat sich zerrissen vor Lachen. Er klärte mich auf und sagte mir, daß der Dr. H. J. die illegalen Einwanderer in unser Land meint und nicht die Alten und Neuen, an die ich denke. Schade. Und auch wieder nicht.

Zugewandert

Eine Umfrage zeigt es: 95 Prozent aller Österreicher sind Patrioten - der Prozentsatz der Idioten wird diskret verschwiegen. Aber mir genügt das Wissen, daß 95 Prozent aller Bürger dieser Republik - quer durch die Parteien! - patriotisch fühlen, rot-weiß-rot sind von der Haarspitze bis zum Zecherl. Nur miese acht Prozent wollen „heim ins Reich“, die anderen bleiben lieber daheim, ihnen reicht das und die Erfahrung, die Sehende zwischen ’38 und ’45 machen mußten.

Wen stört es da, daß patriotische Ö3-Wuzerln tschüssen und „hinter“-fragen, in Ab*teilen* statt in *Ab*teilen sitzen, daß sie Kartoffeln statt Erdäpfel mampfen und so lange „bis gleich“ jauchzen, bis einem die „Tunke“ hochkommt. Ein etwas eigenartiger Patriotismus ist das, aber halt so europareif, daß einem der Angstschweiß ausbricht.

Wenn auch der nun seiner Prostatadrüse beraubte französische Staatschef den Riesen aus der Pfalz als „deutschen Nasenbären“ (so ein Wiener Edelblatt) vorführte, Angst haben die gebrannten Völker trotz allem Verständigungswillen noch immer, und das wird auch noch eine Weile so bleiben, da kann der freundliche Herr Kohl am Rostock zwischen Quedlinburg und Hoyerswerda hin- und hergehen so lang er will, weil er nicht beweisen will, was er beweisen könnte: was dort explodiert, ist nicht nur Idiotie, Nazismus und staatschädigende Dummheit, das ist mindestens zu 50 Prozent Angst vor der Zukunft und die Aversion gegen Armut, Not und Elend.

Bei uns in Österreich, dem Nachzügler- und Nachmacherland wird es - setzt man keine Auffanggesten - genauso kommen. Wenn ich so durchs Land reise, die Leut' anhöre, steigen Angst und Befremden auf, aber reiner Fremdenhaß ist das nicht! Oder sind Deutsche, Italiener, Franzosen, Engländer und Spanier keine Ausländer? Wer denkt daran, wenn er sein Chop suey einsteckerlt? Seine Spaghetti beim Italiener wickelt oder gar seine Crêpe suzette bei irgendeinem gallischen Hahn genießt?

Prinz Eugen war kein Dasiger, sein Architekt, der ihm die Marchfeldschlösser baute, war Italiener und sein Dekorateur Franzose! Hätte irgendwer was dagegen, wenn der Hl. Vater, obwohl ein „Polak“, sich hier zur Ruhe setzte, oder Ronny, der Reagan, bei Kitz eine Berghütte kaufte? Im Gegenteil! Ins Popscherl täten sie ihnen kräuln!

Aber das arme Zwergerl mit dem abgeschossenen Haxerl, das via TV aus Sarajewo gezeigt wurde, das soll draußen bleiben. Hat ka Geld und is Tschusch a no!

Übrigens, die Mozarts kamen aus Augsburg, der alte Radetzky war ein Böhm, Joseph Roth, Karl Kraus und Manès Sperber waren nicht aus Wien, der Vater des Volkslieblings Heinz Conrads wanderte aus Köln zu und die Wiegen der Ahnen der Lacinas, Lichals, der Watzlaviks (später Waldheim), der Esterhazys standen überall herum, nur nicht im heutigen Österreich. Brahms war Norddeutscher, Salieri Italiener und die Habsburger waren Schweizer. Heißa, auf geht's, blast ein neues Trara, ihr Jagdgesellschaften! Aber einige Bodenständige, die Geschichte gemacht haben, können wir auch aufzählen. Leider hieß einer von ihnen Adolf Hitler.

Teeny-Slang

Ich fand sie toll, echt super, supertoll sozusagen, die Antwort, die mir der Kastanienröster beim Wiener Südbahnhof gab, als ich hinterfragte - vor Ort sozusagen - ob er denn wisse, wo hier die Droschken stünden.

Nix wissen, ich Pakistani, meinte der Beuteösterreicher, und da habe ich geschnallt, daß ich im Ausland bin. Natürlich gehe ich davon aus, daß man in anderen Ländern auch andere Sprachen spricht, aber ein so duftes Beispiel habe ich doch nicht erwartet.

Ich ging dann in einen Süßwarenladen, zog mir eine Cola rein und knabberte an einem Berliner, den sie in Wien Faschingskrapfen nennen, was soviel heißt wie Karnevalsbulette! Super, was? Ich bin auf Wean ganz affengeil, weil es mir unter die Pelle geht, wie die hier Sprüche klopfen. Tschüslein da, Hallöchen dort - ganz groß und auch für uns verständlich, das Zeuch, das selbst bei „Demel", dem berühmten Süßwarentempel bei „Kaffe" und Kuchen gesnackt wird. Da braucht's keinen Peymann, um zu merken, daß wir wieder die Größten sind. Schnuckelich, wenn man in der Sauna nach einer Supersause angequasselt wird. Sind ja so redefreudig, die Leutchen, die gerne da sitzen, wo ich gerade gesessen habe - und sagen, sie haben nur vor Gericht gestanden, wo ich doch denke, daß ich nie wo gestanden habe, wo ein anderer stehen wollte.

Zum Mittagstisch rauschte ich in eine Pinte ein, die ziemlich proper war. Fleischbrühe mit Klößchen und Sahnehäubchen, Matjes an Kressesalat, Lungenhaschee mochte ich nicht, der Schmorbraten sah aus wie Schweinebauch, also zog ich mir noch 'ne Cola rein und aß die Gemüseplatte, Rübchen an Sellerie, Rapunzelsalat und Blumenkohl, Maiskölbchen, Stangenbohnen und eine Kartoffel im Silberkleid. Klasse - einsame Klasse! Nach dem ein Stülpchen vom Klaren und ein Pils dazu, das brakkig schmeckte und von einer trüben Tasse von Saaltochter angebracht wurde.

Ja, Freunde, so oder ähnlich könnte der Brief eines nördlichen Eipeldauers an seinen Vetter in Minden/Westfalen lauten. Oder der eines österreichischen Schulkindes, das nur wau, woff und so, Ö 3 und FS 1 & 2 hört. Die PruSSiazismen, die unsere Sprachidentität zerstören, wuchern von allen Sprecherlippen. Ob „Perlweiß“ oder „Echt-Schwesterchen“, es ist ein Graus. So etwas wäre in Frankreich nicht möglich, wo eine hohe Sprachkommission über die Sprache der Grande Nation wacht und sogar das Patoit (den Distriktdialekt) nicht gerne in öffentlichen Medien hört und liest. Aber eine Grande Nation hat eben Illusionen, Ziele und - Charakter, sonst wäre sie ja nicht grande und schon gar nicht Nation.

Wieder Habsburg

Wenn man etwas nicht (mehr) haben will, sagt man, um es zu ummanteln: Das ist bald oder schon obsolet. Neutralität - obsolet, Identität - obsolet, usf. Prof. Felix Kreisler meint, völlig zu Recht, wenn das so weitergeht, wird vielleicht im Jahr 2000 auch Österreich obsolet sein. Fesch, was? Mindestens so fesch wie die Burschen, die laut ehemaligem Vizebürgermeister Hans Mayr (Wien) den Ausländerhaß (unter dem Vorwand, die Heimat Österreich zu schützen) schüren und dabei nur an ein Österreich in einem neuen Groß-Preußen denken. Aber dazu wird es kaum kommen, sind doch, wie der neue Klagenfurter Theaterintendant Pflegerl meint, nicht einmal die Kärntner so, wie man meint, daß die Kärntner sind.

Und - wir haben ja nun eine neue Schutzwehr gegen alles Deutschtümelnde, den neuen TV-Kollegen Karli H.! Der heiratet und zwar eine ziemlich satte Dame und bräuchte dem Peter Rapp eigentlich gar keine Konkurrenz machen (Kuli wird er eh kaner!), aber er ist nun einmal herabgestiegen zu seinem Volk und so hat man ihn halt losgelassen. Der CSU-Europaparlamentarier und Papschi ist recht stolz auf das Sprosserl, und das sei dem alten Herren gegönnt. Hat schon der F. J. Strauß-Sohn mit dem Fernsehen sein Glück und sich selber versucht, so wird es einem Edelblütigen doch nicht verwehrt werden düfen. Der Moik ja, und der Erzherzige net? Das wäre ungerecht. Notabene er seine Herzdame, laut Aussendung des Sprechers des alten Herrn von Pöcking (Bayern), bei einer Hilfsaktion für Kroatien buchstäblich im Schützengraben kennen und lieben gelernt hat.

Der hat ein Tempo, der Bildschirmherr - kennen gut, aber gleich auch lieben? Und im Schützengraben. Aber was verstehen Sie schon davon, Herr Kafka - Sie ham ka Reiterblut! Noch dazu ist der TV-Frageonkel noch Präsident, und weil ein Habsburger nicht Bundespräsident sein kann (warum eigentlich nicht?), ist er halt Präsident der österreichischen Paneuropa-Union. Das ist zwar heute eine nicht sehr wichtige Bewegung, aber so lustig wie die EG finde ich sie auch. No ja, a bisserl monarchistisch. Und? A bissl für Wertordnung im christlichen Sinn. Und? Immer noch besser als das, was im Moment bei uns als freiheitlich, also liberal verstanden wird.

Sie meinen, a bissl viel Habsburg seit dem Begräbnis der Ex-Kaiserin Zita? Wieso denn? Die Sissi-G'schicht' im Theater an der Wien baut keinen Mythos auf, dem alten Häuptling hat sogar schon Bruno Kreisky die schmale Rechte gequetscht, und ob die Fernsehauftritte des Thyssen-Bräutigams eine Reklame fürs Erzhaus sind, mag bezweifelt werden. Das einzige, was mich stört, ist, daß der Sohn des letzten österreichischen Kaisers einen deutschen Paß hat (neben einem unserigen und anderen) und für eine deutsche Partei (CSU) im Europarat hockt. Aber da trau' ich mich nicht laut schreien, weil ich ja sonst gleich als Ausländerhasser bezeichnet werde. Ich mag Franzosen, Engländer, Türken und Kurden, Slowenen und Italiener sehr - also muß ich auch andere Ausländer mögen - Deutsche und Schweizer z. B. Nur wenn einer Ungarn, Kroaten, Serben, Bosnier und Spaghettibändiger nicht mag, ist er verpflichtet, auch andere Ausländer, besagte Schweizer und Deutsche z. B., auch nicht zu mögen. Gleiches Recht für alle. Also auch für Habsburg! Denn in dieser Familie hat es schon auch ein paar großartige Typen gegeben: den Kronprinzen Rudolf, den Johann Orth, den Kurpark-Hansl (so nennen die Ausseer den Erzherzog Johann) und die unglückliche Sissi. Aber die war eine Wittelsbacherin und das liegt ja ganz in der Nähe von Pöcking - daher genug; denn - wie heißt es in einem Artikel der „Salzburger Nachrichten“ - das Habsburger Problem ist allseits beseitigt. Fast. Fast?

Adler und Strauß

Wieder wird man mir vorwerfen, daß ich ein verstockter Konservativer bin, weil ich gerne hätte, daß man Sichel und Hammer in den Fängen des Bundesadlers beläßt. Die Werkzeuge symbolisieren den Arbeiter- und den Bauernstand und sonst gar nix. Die Mauerkrone, die den Kopf des Adlers ziert, symbolisiert das Bürgertum und ist keine Anbiederung an China und sein weltberühmtes Wahrzeichen.

Über die ganzen Diskussionen, die ich lächerlich finde, hätte der berühmte französische Philosoph Henri Bergson gesagt: Je voudrais avoir votres zorès, Monsieur le Président et Monsieur le Chancellier. Außerdem glaube ich, daß es da - die Idee der Abschaffung kommt ja aus dem Lager, das die österreichische Nation als Mißgeburt bezeichnet - weniger um Sichel und Hammer geht. Ich denke, man will - ohne viel Aufhebens zu machen - noch eher die gesprengten Ketten des Wappentieres loswerden, erinnern sie doch an die Beendigung der Nazi-deutschen Zwangsherrschaft über Österreich.

Aber da wird protestiert, vorgeschlagen, nachgedacht, obwohl es, bei Gott, Wichtigeres zum Nachdenken gäbe. Auch über Dinge und Zustände, die abgeschafft gehörten. Solche aber regt der zweite LH-Stellvertreter von Kärnten nicht an. Wozu auch! Da könnte man ja gleich verlangen, daß irgendeine Bundesstelle gegen die Verzerrung der Familiengeschichte der Walzerdynastie Strauß Einspruch erhebt. Das wäre eine Tat!

Aber da darf dargestellt werden, daß nicht einer der vier geigenden Sträuße das Violinspielen beherrschte, sondern daß sie es verstanden, allein durch Bogenstreichen den Instrumenten Töne zu entlocken. Die linke Hand ruht dabei starr auf den Saiten. Dirigiert haben - so die Sound-of-Walzer-Dynasty-Story - die Sträuße wie die Kapellmeister kleinerer Feuerwehrkapellen in Niederösterreich. Von Carlos Kleiber nie gehört, was? Vater Strauß wird nach seinem Hinscheiden auf den Fußboden gelegt und mitleidlos geräuchert - das machte man so in Wien mit Opfern der Scharlachepedimie. Natürlich waren die Strauß-Buam profunde Kenner des amerikanischen Faustkampfes und der guate Kaiser Franz Joseph I. war - so sah man - bereits 1885 ein rundlicher Greis, der dem Butler einer Waschmaschinenreklame im ORF verblüffend ähnlich sah. Einer der liebenswertesten Schauspieler des Burgtheaters verlieh dem russischen Zaren, der entlaufene Leibeigene blutrünstig zu Tode martern ließ, freundlichen alt-österreichischen Charme und Mime. Strauß II. verließ um des Meisters Willen ihren Sponsor, den Baron Todesco, der just der Erbauer des Palais war, das nächst der Oper steht und in dem die ÖVP ihren Gesundheitsschlaf hielt.

Die Straußkapelle geigt im Park von Schönbrunn auf und der Kaiser (der etwas angetitschte Ferdinand der Gütige, vom Volk damals Gütinand der Pferdige genannt) hat nix dagegen. Nein, er spendiert dem Park-Usurpator sogar eine goldene Schnupftabakdose, von denen er anscheinend eine größere Anzahl immer bei sich hat.

Trotz allem wird die Strauß-Clan-Story in den USA Reklame für unser Land machen, denn die Musik ist nicht umzubringen - wie man sieht. Sollte das mit der Reklamespekulation allerdings nicht zutreffen, dann wäre das für die zuständigen Damen und Herren Grund genug, sich die Mozart-Kugel zu geben.

Ich frage mich ernst und verantwortungsvoll - was ist irreführender: Sichel und Hammer im Staatswapppen unserer Republik oder dieses Dings-Da über Österreichs Walzer-Genies?

Verkleinern

Man wirft uns Österreichern, besonders uns Wienern vor, daß wir alles verkleinern. Nicht nur unsere Verdienste um Kultur und Wissenschaft, sei es

Musik, Dichtung, Theater, Erfindung oder was auch immer. Das stimmt nur zum Teil, denn wir verkleinern wohl unsere Erfolge, aber dafür vergrößern wir unsere Mißerfolge, Debakel und Niederlagen ... Beispiele? Die siegreiche Schlacht bei Aspern unter dem genialen Erzherzog Karl wird als Zufallssieg betrachtet, die Niederlage, die uns Napoleon kurz darauf bereitete, als genialer Schachzug. Es gibt sonderzählige Beispiele, aber davon will ich heute nicht reden. Ich rede lieber über die Vorteile der Verkleinerung (merken Sie es, wie geschickt ich das häßliche Wort „Verniedlichung" umgehe?). Hans Weigel hat uns schon darauf hingewiesen, daß es zwar ein Wimmerl (klein!!!), aber kein Wim gibt, daß ein Hascherl etwas Eigenständiges ist und es einen Hasch nicht gibt.

Nehmen Sie einmal die Namen! Pepi ist schon herzig, aber wie lieb ist erst Peperl? Mentscherl klingt besser als Mensch - a schiach's Mensch, a armes Mentscherl!

Das Diminutiv wird auf vieles angewandt, besonders auf Dinge, die man liebt. Wir sprechen nie von einem schönen Wein - bei uns gibt es ein tulli Weinderl. Der Kuß wird nicht zum Küßchen, sondern zum Busserl und der Kaffee zum Kaffeetscherl, der zum Kipferl, zum Semmerl oder zum Torterl getrunken wird.

Nach Prof. Kohr ist small beautiful. Im Wienerischen ist Verkleinern eine Liebeserklärung oder ein Ausdruck des Verstehens, Begreifens, Verzeihens. Dieser Arsch hat mir doch - klingt rauher, unversöhnlicher als des Orscherl hat mi leg'n woll'n.

Seit Jahrhunderten grüßen sich die in Wien lebenden Italiener - und es waren immer viele, denn die Monarchie der Habsburger war ein Vielvölkerreich - mit tschau! (ciao), und nun kommt dieses Ciao über den Umweg über Deutschland als modifiziertes tschüs zurück. Oder sollte es doch, wie ich vermute, ein modifiziertes adjes (adieu) sein? Soweit, so gut, aber ein „Tschüslein" ist unerträglich - wenigstens für mein österreichisches Ohr und mein Gefühl für die so vielfältige deutsche Sprache. Und was hat Wien daraus gemacht? Man spricht von jemand, der sich verabschiedet hat, von einem, der sich „vertschüst" hat. Jugenddialekt, aber doch irgendwie lieb. Ich weiß schon, daß es oft gefährlich ist, sein Wirken, seine Taten nicht ins grelle Rampenlicht zu stellen, aber es ist sympathisch. Wer weiß zum Beispiel, daß ein Erfinder in Lenzing (Oberösterreich) einen Verband für Verwundungen, Operationen usw. herstellte, der saugkräftiger war als alles bisher Fabrizierte. Es war Krieg und man brauchte das. Das Patent hat der Erfinder billig an einen Amerikaner verkauft, der damit eine Großproduktion begann und Millionen verdiente: Pampers. Wer weiß schon wirklich, daß der Österreicher Madersperger die Nähmaschine und sein Landsmann Markus den Benzinmotor erfunden hat? Verkleinern ist unsere Lebensart, kritisieren, grantln, und nörgeln. Aber es ist alles nicht so ernst gemeint - im Innersten glauben wir ja doch, zu den Besten zu gehören, was sich auch an der Zahl der Nobelpreise ablesen läßt.

Aber wie schreibt schon Nestroy in seinem Stück „Freiheit in Krähwinkel"? Er spricht von einem „Landerl", das ein „Diktaturerl" hat, ein „Revolutionerl" und ein „Demokratie-erl" braucht. Kann man es charmanter sagen? Und auf das kommt es an. Verkleinern macht sympathisch. Aufblasen bewirkt das Gegenteil. Klein ist überschaubar - das ist es.

Deswegen leben wir gern in einem Ländchen, das sein Freiheiterl hat, sein Demokratie-erl und sein - nein, für Stolz gibt es keine Verkleinerung. Was hätte es auch für einen Sinn, unsere Liebe, unseren Stolz zum und aufs Vaterland Österreich zu verkleinern? Er wäre immer noch zu groß, um auf ihn aufmerksam machen zu müssen.

Vergessene Unvergeßliche

Das Wetter und mit ihm die Menschen hatten es heuer um die Jahresmitte ('94) gar nicht leicht. Im Mai war es noch April, im Juni schon fast August. Klingt ein bissl kraus - ich weiß das - aber mir gefällt diese Formulierung. So wie wenn mir wer sagt: Was mischt sich ein Schauspieler in Angelegenheiten des Burgtheaters ein, wo doch der Kulturminister dafür zuständig ist; ist halt alles ein wenig durcheinander, auch wenn es manchmal gut ausgeht so wie das bei unserem Kanzler der Fall ist. Der Mann ist Banker und vertritt als Vorsitzender der Sozialdemokratischen Partei die Interessen der Arbeiter. Er kann das halt auch, was bei seiner Biographie nicht verwunderlich ist.

Also - Mai war's und ich bin nach langer Zeit wieder einmal durch die Praterstraße gefahren. Hübsch ist es dort geworden, sauber und freundlich. Leider erinnert keine Gedenktafel daran, daß da, gleich neben der Kirche, einmal ein berühmtes Theater stand. Ein berühmtes und sehr frequentiertes - das Carl-Theater. Der unglückliche Franz Jauner war dort Direktor und der Schauspieler Richard Waldemar hat dort Triumphe gefeiert. Andere auch, aber Girardi ist nicht vergessen, Waldemar schon, obwohl ein eher schiacher Gemeindebau nach ihm benannt ist. Waldemar? Waas i net, wahrscheinlich a Bezirksvorsteher.

Sie sind alle so schnell vergessen, die „Lieblinge" des Volkes, die Halbgötter des Wiener Theater-Olymps. Fritz Imhoff (der wie sein Bruder, der Liedersänger und Komponist Ernst Arnold, eigentlich Jeschke hieß), Max Brod, Mimi Stelzer, Mimi Shorp (lebt sie noch, die große Soubrette von anno dazumal? Ich weiß es nicht). Das heitere Theater, das Kabarett, war ohne sie nicht vorstellbar, aber es ist doch weitergegangen ohne sie. Anders, aber doch. Ja, Farkas - der ist noch ein Begriff, Hans Moser, Paul Hörbiger - aber wer denkt noch an den urkomischen Fritz Heller, die Glatzn der Wollzeile, wer an Karl Hruschka, ja sogar der Heinzi (Conrads) und der Max(i) Böhm - weg und fast vergessen. Schade, sehr schade.

Aber es ist ihnen nicht anders ergangen als den Burgtheatergrößen Heinz Moog, Alfred Neugebauer, Ferdinand Mayerhofer, der Eis und der Wohlgemuth. Die Zeit läuft nicht, sie rast in dieser rasenden Welt, wo das Gestern schon zur Geschichte gehört. Von Armin Berg, der Novotna, von Betty Fischer und Louis Treumann redet niemand mehr. Nur ich und ein paar andere Alte denken noch an Wolfgang Heinz, an Max Hansen und Lizzi Waldmüller. Nicht einmal wer Hubert Marischka war, weiß ein Theater-Adept. Dabei könnte jeder von den Dahingegangenen ein Beispiel sein. Am Burgtheater hab' ich einen etwa 26jährigen Kollegen gefragt, ob er sich an Oskar Werner erinnert. Ne, sagte der Langhaarträger, auch Boy Gobert war ihm kein Begriff mehr. Ich mein', das soll kein Vorwurf sein, aber es würde doch nicht schaden, wenn der oder jener ein Vorbild wie etwa einen Ewald Balser, einen Heinz Woester oder einen auch schon vergessenen Leopold Rudolf, einen Edthofer oder eine Helly Servi hätte.

Genug der Namen, sonst ertrinke ich in einem Meer von Trauer - wie die große, tapfere, blinde Dorothea Neff immer sagte.

Ich hab' das Glück, sie alle noch gekannt, mindestens aber gesehen zu haben. Den herrlichen

Hans Olden, die Lang, die Servaes und die Regisseure Leopold Lindtberg, Heinrich Schnitzler, Paul Hoffmann und Leon Epp. Mein großer Nestroy-Lehrer war Gustaf Manker, der einen (damals) neuen Nestroy-Stil gebar, der Brecht original spielen ließ, der uns Anfang der 50er Jahre Troilus und Cressida von Shakespeare in Trikots, Tennispatschen und Stoffumhängen spielen ließ. Mir gefiel das schon damals nicht sehr, was sie heute, 40 Jahre später als unerhört „toll“ und neu bezeichnen. Der Heltau, die Irall, der Probst und die Erfurth, der Prodinger und der Höring (Herrgott, waren wir damals jung und begeisterungsfähig), wir schauten aus wie die Haarlem Globetrotters. Scheußlich, befand Otto Wögerer, aber die Vorstellung war gut, aufregend und Shakespeare blieb Shakespeare.

Mit dem Sowinetz und dem Trimbur hab' ich „Was ihr wollt“ gespielt - auch eigenartig gekleidet, aber Shakespeare blieb unberührt. Er rührte nur uns und das Publikum.

Freund, wird jetzt einer sagen, Sie zählen da aber viele Namen auf - das ist notwendig, antworte ich - man muß wenigstens an einige erinnern, ihnen ein bescheidenes Denkmal setzen.

Österreich zuerst

Ich hab' es langsam satt, als Wanderprediger durch die Gegend zu ziehen und erst Gehör zu finden, wenn irgendein Rechnungshofbericht das bestätigt, was ich seit Jahren sage und seit noch längerer Zeit prophezeit habe. Man hat es halt schwer gegen Nichtverstehenwollen, Arroganz und dem Sich-nicht-korrigieren-Können anzurennen. Ein wenig müde, habe ich meine Tätigkeit auf andere Schienen verschoben. Ich muß ja nicht bei deren Watschentanz zwischen Schauspielern und Verwaltung (auch nicht in der Eden-Bar) dabei sein. Mir genügt, zu wissen, daß er stattgefunden hat. Also, wie gesagt, anderes ist zu tun. In Friedrichshafen „Sibirien" spielen (das gefällt den Leuten überall!), schreiben und endlich wieder ins Kino und ins Theater gehen. Schindlers Liste habe ich gesehen - ein wahrer und erschütternder Film, ob die Klugscheißer das nun wollen oder nicht. Und in der Volksoper habe ich „Der Mann von La Mancha" gesehen. Schade, daß man als Kollege nichts über die Mitwirkenden schreiben darf. Es wäre viel Positives zu bemerken. Das Dreigestirn Hackl, Koller, Meyer wäre sehr zu loben, dürfte ich das. Soll's halt der „Laie" Tschebull machen - der versteht eh viel von der Materie.

Zwar wundere ich mich, daß jedem Darsteller bei der Schläfe Mikrophonstangerln herauswachsen, in dem Haus wurde (in der Oper und im Theater an der Wien) jahrzehntelang ohne Verstärker gesungen (das ist eigentlich der Sinn einer guten Akustik in einem Opernhaus), aber das „neue" Musical hat halt neue Gesetze. La Mancha ist noch immer bewegend und sicher eines der besten Stükke dieser Gattung. Ich bin da gesessen und hab' die Augen zugemacht - mich 25 Jahre zurückversetzt.

Ausflug in die Jugend? Nein, nur ein bissl in die Erinnerung. Die Aubry, der Meinrad und ich, wir waren die Vorgänger der heutigen Protagonisten. Ich hab' den „unendlichen Traum" wieder gehört, „Dulcinea" und „Ich mag ihn". Schön war's, und das alles ohne große Griffe ins Ausland machen zu müssen, in einer für uns vertrauten Sprache dargeboten. Identität bewahren - das hängt nicht nur von der EU, dem EWR oder sonst wem ab. Das liegt nur an uns. Ob wir dieses Land in seiner Selbstständigkeit, Neutralität und nationalen Eigenheit haben wollen oder nicht. Ob wir auch ohne Sprachkommission à la France, ohne tschüs-supergeil, bis dann und ich zieh mir einen rein - ok? … auskommen wollen.

Net alles auf die anderen schieben, selber stark, stolz und mutig sein. Professor heißt Bekenner. Ich wünsch' mir ein Volk von Professoren - Bekenner des Austro-Patriotismus. Mit oder ohne EU. Nicht Österreich zuerst, sondern: Zuerst Österreich, dann alles andere.

SO EIN THEATER!

Kleinformate

Ist Ihnen das aufgefallen? Auf den Bühnen (unserer Landstriche), seien es die Schaubühnen oder die Tribünen der Politik, werken Männer und Frauen, Frauen und Männer. Aber Damen und Herren sind selten auszumachen. Saloppe, Behäbige, Proletarische und Fett-bürgerliche geben den Ton an. Manche sind lustig, manche grad' noch, die meisten gar nicht mehr anzuschauen.

Versuchen Sie, heute einen 3. November (1918) von F. Th. Csokor, ein Stück für zehn „Herren" in Uniform, versuchen Sie, heute den Hofmannsthalschen „Schwierigen", Lernets „Ollapotrida" (warum wird das nie gespielt? Gut, es ist nicht so poetisch wie die Werke der großen Jelinek, aber appetitlicher), „Das Konzert" von Bahr oder gar „Olympia" von Molnár zu besetzen. Eine Handvoll meist schon älterer Darstellerinnen und Darsteller stehen zu Verfügung - sonst sieht es mau aus. Die jungen im Frack, im Cut, in Uniform der k. u. k. Armee? Sie schauen aus, als hätte man sie in die Kleider hineingepatzt. Knieweich, bucklert (wie wir in Wien sagen), von Eleganz keine Spur. Zwei, drei Leute - aber sonst? Wo sind die Lindners, die Albach-Rettys, die Jordans, die Günthers, die Hennings und Skodas? Die neuen mein' ich. Sie finden kaum was. Unter den 30jährigen überhaupt niemanden. 3. November: Wer soll den Oberst spielen? Wer den Ludolz? Ja, einen Geitinger (ich hab' ihn gespielt) und den meuternden Matrosen (Sowinetz war herrlich im Zbonek-Film), die findet man. In Hülle und Fülle sogar. Aber sonst? Nicht einmal Zuckmayers „Teufels General" kann durchgehend gut besetzt werden. Genug Koriankes - aber kein Herr von Mohrungen, kein Schmidt-Lausitz und - seit Kulenkampff - auch kein Harras mehr. Die Helden von heute sind schmächtige Bürscherln, auch wenn sie schon stramm auf den Fünfziger losgehen.

Oskar Werner, keine Frack-Idealgestalt, trug ihn wie eine Selbstverständlichkeit, nicht wie eine Rüstung. O. W. Fischer, Hans Jaray - ideal - ein Heesters gar, ein de Kowa, der Gobert ... Ich weiß, die Zeiten haben sich geändert, aber ich muß mich doch nicht freuen drüber, daß heute lauter ausgewachsene Piccolos herumrennen, die uns glauben machen wollen, daß sie „Herren" sind. Der Lohner, der Hackl und noch einige wenige andere sind die letzten - ab dann regiert das Ruderleiberl.

O tempora!

Vor 200 Jahren haben die Franzosen Korsika für ein paar Netsch von den Genuesern gekauft (So wie die Amerikaner Alaska - so wie die Franzosen Canada verscheppert haben; Voltaire damals: Weg damit, mit diesem Haufen Schnee!). Ein Jahr später wurde der kleine Bonaparte geboren. Als Franzose! Da haben es wir Österreicher schon bequemer gemacht. Wir hatten unsere Kolonien in Europa. Bosnien und die Herzegowina waren die letzten „Erwerbungen". Heute weiß man, wir hätten's lassen sollen. Vielleicht wäre dann Franz Ferdinand nicht auf der letzten Stufe zum Thron gestolpert. Hätte den gar nicht so milden Franz Joseph I. ablösen können. Den, der mit einer Reihe von Todesurteilen seine Regentschaft begann. Als 18jähriger. Der gleich eine große Schlacht verlor, was den etwas „einfachen" Ferdinand zu dem berühmten Ausspruch veranlaßte: „Des hätt' i a z'sambracht!"

Ich blättere im Reiseführer. La Corse! Vendetta! Und immer wieder Napoleon - den einen ein Blutsäufer, Emporkömmling, Diktator, den anderen noch heute Leitbild des Patriotismus. Ein Narr? Ein Genie? Nicht einmal Madame la Mère hat es gewußt. Auch sein Onkel, der zwielichtige Kardinal Fesch, nicht. Fesch - das war er, der Herr - aber sonst?

Ich erinnere mich, an den Großen Korsen denkend, immer an zwei Theateraufführungen. (No ja, viele meiner Gedanken münden im Meer des Theaters.) „Hundert Tage" von Forzano - Mussolini und Madame Sans Gène - eine Operette, die im Theater an der Wien etwa zwei, drei Jahre vor Hitler gespielt wurde. Mit Leo Reuss als mächtig aufdrehender Napoleon, Christl Mardayn als jene ohne Genierer und Curt Lessen als Polizeiminister Fouché. „Ich weiß, daß er weiß, daß er weiß, daß ich weiß“, sang er - ein glänzendes Chanson aus der Feder des jungen Hans Weigel. Leopold Biberti, der Schweizer, spielte den Lefèbre, Herbert Berghoff den Bänkelsänger. Das war flottes Theater - der Beginn einer neuen Art des musikalischen Theaters, des Musicals. Nur wußten wir das damals halt noch nicht. Steinbrecher schrieb zur selben Zeit seine „Brillanten aus Wien“, eine Geschichte um den Erfinder des Straß-Schmuckes - mit ein bissl Maria Theresia und Kaiser Josef als Garnierung. Merken Sie es? Bekannte Stoffe, geschichtliche Personen - Musical eben. „Der Mann von La Mancha“, die „Zähmung der Widerspenstigen“. „Gib nur acht, Henry Higgins, gib nur acht“ - das kam erst viel später.

Und in der Burg „hundert Tage“ mit Werner Krauss. Dem großen Werner Krauss, dem der Sans gène-Weigel, aus der schweizerischen Emigration zurückgekehrt, die Absolution erteilte. Wie der Ernstl Haeussermann, der uns heut' noch hinten und vorne fehlt, dem alten Nazi-Gelehrten Kindermann, dem Borodajkevitch der Theaterliteratur. Schwamm drüber! Wir reden ja auch nicht mehr über die Vergangenheit des heute (fast) überall so gefeierten Bernhard Minetti! Gauleiter Frank wurde gehenkt, das muß genügen - wie? Werner Krauss war auch als Napoleon grandios. „Und von Grenoble, meine Herren ...“ donnerte er, daß uns, dem Kurtl Nachmann, der den Balser so hinreißend imitierte, und mir der Atem wegblieb. So ein Schauspieler wollte der Kurt einmal werden. Er hat als Drehbuchautor eine große Karriere gemacht, war an der Josefstadt, aber - den W. K., nein, den hat er nicht erreicht. Ich war bescheidener. An der Burg war ein Mime - Hermann Wawra hieß er. So einer wollte ich werden. So einer wenigstens. Ich durfte dann versuchen, Ferdinand Mayerhofer zu ersetzen. Klingenberg hatte mich dafür von der Josefstadt, zu der ich jetzt wieder zurückkehre, an das Haus am Ring geholt.

Ewald Balser, im 18. Bezirk in der Scheidelstraße wohnend, war Kunde bei meinem Stiefvater, dem Juwelenerzeuger Mischa Muliar. Er ließ dort für seine Frau Vera (Balser-Eberle) schöne Stücke machen und erlaubte auf Papas zögernd vorgebrachte Bitte hin, daß ich ihn - zwecks Talentprüfung - besuchen dürfe. Ich sprach - in der Schule hatte ich es mit Dr. Völkel, meinem geliebten Deutschlehrer gespielt - das „Kätchen aus Heilbronn“ vor. „Ja, hoher Herr“ und so. Balser lachte sehr. Auch bei meiner Rezitation des „Ring des Polykrates“. Dann wurde er ernst. „Sie wissen, junger Mann, seit zwei Jahren regiert Herr Hitler Deutschland. Die Nazis werden auch hierher kommen. Beim Theater werden Sie es, mit dem von mir sehr geschätzten Herrn Papa, nicht weit bringen“.

Ich ging nach Hause. Verzweifelt. Der jüdische Papa! Ich war so verzweifelt, ich hätte ihn und mich anzünden können. Mutter beruhigte mich. „Schau, Bub: ich wollt' es dir nie sagen. Wir haben eine schöne Familie - aber wenn es sein muß … Der Papa ist nicht dein Papa. Ich hab' ihn erst geheiratet, da warst du schon fast 4." Ich hab' geweint damals, wollte nie erfahren, wer der Herr Leibliche war (ich hab's dann doch wissen müssen - es war mir nicht wichtig, war mir wurscht - bis heute). Ging zu Ewald Balser. Der lachte sehr und meinte: No ja, dann! Und auf Wiedersehen, Herr Kollege.

Er hat mich gepflanzt, ich wußte es, ich war 15 oder 16 - und sehr stolz. Daß ich einmal, wenn auch nur auf einer Schallplatte, sein Korianke sein würde, das habe ich nicht geahnt. Sie erinnern sich? Harras in Zuckmayers „Des Teufels General". Viele haben ihn gespielt. Der großartige Curd Jürgens, der überzeugende H. J. Kulenkampff - für mich war Balser der - nein, nicht der beste, so etwas gibt es am Theater nicht - er war der authentischeste. Balser hat (vor 1933) Werbefilme für die Sozialdemokraten gemacht, den Rembrandt gespielt, den Sauerbruch. Den Harras hat er nicht gespielt, der war er. Seine Erzählung vom Rhein ist ein Markstein der deutschsprachigen Schauspielerei geworden.

Wer war da noch am österreichischen Nationaltheater (und es war eines, damals, trotz der vielen

Deutschen, die engagiert waren, denen es zur Ehre gereichte ...)? Heinz Woester, der Mime - Miene hieß er wirklich und wurde Herr-Miene gerufen - aus der Schweiz, Albin Skoda, der Sohn eines Kaffeesieders in der Neustiftgasse, Fred Liewehr, der junge Curd Jürgens, die Wohlgemuth, die Bleibtreu, die Wessely. Ein Ensemble war das, wie es ein solches vielleicht noch in Berlin gab (bei Reinhardt, bei Barlog später) - aber sonst? Zwei Romeos, zwei Wallensteins, drei Wilhelm Tells - zerstört, zerschlagen aus Ignoranz und - no sagen wir es - Blödheit ruiniert.

Nach dem Krieg, da tummelte es sich an der Burg. Die Dableiber Theo Lingen, Heinz Moog, Andreas Wolf, Sebastian Fischer; der Oskar Werner, der Albach-Retty, der junge Heini Schweiger, der O. W., die Mikulic, die Gusti Wolf, die grandiose Wallner, der Auer, der Neugebauer, der Eybner ...

Heute sind irgendein Untam und sein Schreibsklave froh, wenn sie aus allen deutschen Bundesländern eine Besetzung für ein mittelgroßes Stück zusammentrommeln können. Namen, die man mit Recht nicht kennt und bald wieder vergessen hat. Meist auch zu Recht. Karge Zeiten!

Erinnern Sie sich noch an den Ernst Pröckl, Philipp Zeska, Josef Krastl, später Tom Krinzinger, den wunderbaren Hannes Siegl, die Ackermann, die Stepanek? Sie waren es, die den Vorstellungen den letzten Schliff, den leuchtenden Glanz gaben. Aber das wird so ein Minister, ein Direktor, der da von weit hergeholt wurde, nie begreifen. Die Zeiten haben sich geändert? Einen Schmarrn - die Unverständigen sind an die Macht gekommen, das ist alles.

Kostümierung

Fad ist mir das halt, dieses Theater im ewigen Mao-Look, im Straßenanzug und Filzhut. Fad sind diese ewigen SS-Uniformen und Frack- und Claque-Figuren, die „Kapitalisten“ und Unterdrükker darstellen sollen. „Nun,“ - meinen die überzeugten Ruderleiberl-Darsteller, „man muß den Menschen (wenn sie schon ins Theater gehen) denken helfen und ihnen sagen, daß solchene G'schichten auch heut' und hier passieren können.“

Für wie blöd, frag' ich immer wieder, halten denn die meist black gekleideten Unrasierten das Publikum, also uns? Königsschlösser mit Holzkisten und Obststeigen als Mobiliar, der weise Nathan mit Fiberkoffer, Judenstern und Humbug- (nein, Homburg - verzeihen Sie) Hut. Fad - fad - und beleidigend!

Geld kosten die Protzvorstellungen auch ein bissl viel. Da gastiert in Wien zu den „Festwochen“ die Zadeksche Vierstunden-Interpretation von Antonius und Cleopatra. Noch nicht ganz fertig (die Berliner Premiere kommt erst), das Gastspiel aus Berlin. Eine Waggonladung von Künstlern, Assistenten, Beleuchtern, Maschkerern, Direktionsmenschen und der Regisseur mit ... Aber wir haben ja Besuche gern und lassen sie uns was kosten, besonders wenn es ein Wiedersehen mit dem Wiener Liebling Gerd Voss gibt - wenn er auch gestand, daß er beim Verlassen der (Peymann!) Burg Erleichterung gefunden hat (was ich ihm nachfühlen kann).

Nun also gastieren die Berliner bei uns und wir müssen mit „Sonnenuntergang“ von Isaak Babel nach Berlin ins abgemurkste Schillertheater. Scheint mir ein Rachefeldzug zu sein, weil wir dort auch in Kompaniestärke anreisen. 106 (!) Menschen für die Story aus Odessa, dazu ein personenarmes Tabori-Stück zum 80er des Herrn Guru ...

Gnadenlose Gute

Oft denke ich mir: Was sind wir doch für ein Volk! Wir beschäftigen Leute, die uns gering schätzen, die herkommen und uns zeigen wollen „was 'ne Harke ist“, die uns beleidigen, Minister beschimpfen und das Land, in dessen Sold sie nun stehen, anschütten (anpinkeln sagen sie), wo es nur geht. Aber wir, wir vergessen alle die Schandbarkeiten um des lieben Friedens willen und weil wir so „liberal“ sind oder wenigstens in der Welt als das gelten wollen.

Wir schlucken Frechheiten nahezu wollüstig hinunter, die beileidigten Minister speisen sogar noch mit solchen Lümmeln, Geldverschwendern und Maulhelden. Gesetze werden ihnen zuliebe geändert, kalkulierte Einnahmen-Tangenten gesenkt, Freunde belogen und so fort.

Wenn ich mich in Deutschland (wenn ich dort gastiere) so benehmen würde, man würde mich mit Recht auffordern, das Land zu verlassen - kurzfristig.

Ein Volk und dessen gewählte Mandatare, das sich umschmeicheln läßt, um damit die vor Jahren losgelassenen Beschimpfungen vergessen zu machen, ist würdelos und - verdient, schlecht behandelt zu werden.

Wien ist anders

Placido - Placido - Placido! So brüllen 20.000 Schaulustige - das sind die, die bei jedem Autounfall auf der Autobahn nur mehr im Schrittempo fahren und den Plutzer beim Fenster hinaushängen in der Hoffnung, wenigstens ein paar Tropfen Blut erspähen zu können, weil ihnen die ZiB 1 und die ZiB 2 halt nicht reichen - und bejubeln den Star-Tenor, der sich so großartig vermarktet, wie er singt, und auch dirigiert (also da fehlt noch ein Alzerl).

Die Baltsa als Lustige Witwe, ein paar wenig geschmackvolle Plaudereien (is eh' nur auf Eurovision geschaltet), Orden werden verteilt - Wien ist eben anders. Bissl billig bei all den Kosten, bissl protzig, aber so, wie es die Welt (aber nicht alle Wiener) sehen wollen. Wien bleibt Wien und das ist laut Karl Kraus eine Drohung. Ist eine und bleibt eine. Die Festwochen sind eröffnet.

Zwei Tage später titelt das rosarote Intelligenzblatt: Burgtheaterdirektor Peymann wird verlängert. Der Herr Kunstminister hält sich zwar noch bedeckt, aber das ist in Wien schwer und hebt jemand die Tuchent, schaut drunter und lauscht - hört, sieht, kombiniert - weiß er alles. Vielleicht ist das den Bedeckten gar nicht so zuwider und erhöht das Triumphgefühl. G'schafft hammas! Was jahrelang geplant war, ist in die Tat umgesetzt, gegen den X, gegen den Y, Hauptsache, man hat seinen Willen durchgebracht, alte Versprechen gehalten, vielleicht sogar Dankesschulden abgetragen.

Und - Herrschaften, - gespielt wurde das meisterhaft. Mit Metternichscher, mindestens Sedlnitzkyscher Brillanz. Ein bissl Sand - da in die Augen, dort im Getriebe. Was schert uns die Partei und ihre Wähler, was der Partner der Koalition? Was?

Wien hat doch anders zu sein. Wir spielen in der Einser-Liga, was Theater anbelangt - glaubt der oberste Kunstchef verkünden zu müssen. Nur, wo ist die Nationalmannschaft geblieben? Auf der Strecke!

Anti-Peymann-Stellungnahmen werden als faschistoid abgetan, Schreiben von großen Persönlichkeiten mit Schimmelbriefen beantwortet, Parteifunktionäre belogen und beruhigt, Nachfolger für den „großen Theatermann“ nur halbherzig bis gar nicht gesucht, Bewerber als unfähig, spinnert, zu klein, zu unbekannt disqualifiziert. Der Schaden wird unermeßlich sein, haben mir doch Bekannte gesagt, daß sie bisher die SPÖ als „kleineres Übel“ gewählt, diesmal aber ihre Stimme nicht mehr für Vranitzky in die Urne geworfen haben. Mir tut der Kanzler leid. Populisten, Roßtäuscher haben ihn überfahren. Ich gedachte, ihm politisch und menschlich treu zu bleiben - was mir nicht allzu schwerfiel, weil ich Programme wähle und nicht Personen.

Bei Personenwahlen hätte ich Schwierigkeiten. Da sind schon ein paar, die ich nicht gerne im Rathaus zu Wien sitzen sehe, welche, die gegen meinen Willen im Nationalrat oder gar in Ministerämtern herumhocken und glauben (falsch beraten), die Weisheit mit genügend großen Löffeln gefressen zu haben, um vom Theater etwas zu verstehen. Sie sind selten im Zuschauerraum zu finden, hinter die Bühne oder in die Schummeldirektion haben sie nie einen Blick geworfen. Minister Sinowatz hat sich mit Benning besprochen - jetzt bespricht sich Peymann mit Scholten. Dabei kann der sicher nicht so gut Boogie Woogie tanzen wie seine Vorgängerin, Frau Dr. Hawlicek, die im Parlament die Kulturfahne meiner Partei schwingt und schon als Ministerin dem rüden Charme des Bochumers verfallen war. No ja, über Geschmack soll man, kann man nicht streiten.

Theaterzukunft

Aus der trotz allem relativ ruhigen Theaterszene Wiens kommend, erlebe ich den Saisonbeginn 1992/93 in Berlin. Unser „Sibirien“ am Schloßparktheater ist eine der ersten Vorstellungen der neuen Spielzeit, die - nicht vom Programm her, aber sonst - eher turbulent zu werden verspricht. Gerhard Klingenbergs „Werkstatt“ des Renaissancetheaters sperrt zu, an der Schaubühne schmeißt die neue Direktorin Peter Stein (!) mit seinem Faust-Projekt auf die Straße, das Schillertheater steht nur noch ein Jahr unter der Vierer-Direktion Kirchner-Lang-Sturm-Clauß, dann müssen laut Kultursenator neue Leute ans Ruder und so fort.

Fast 40 Bühnen in Berlin sind in diesen Zeiten wohl wirklich zu viel, aber daran allein liegt es sicher nicht. Der Druck von außen ist weg, die Muß-Situation vorbei, die Konkurrenz aus dem Ostteil der Stadt groß und die Sorgen um staatliche Subventionen noch größer. Der Wert der D-Mark schrumpft, die Preise steigen ins Unerschwingliche und Rostock ist ein Flammenzeichen, das niederdrückend wirkt. Nicht nur bei uns sind Politiker ratlos, weil der Mob wieder die Straße erobert und Blindheit auf dem rechten Auge eben auch ihren Preis hat.

Das erst halbfertige neue Europa, in das man hineingehen zu müssen glaubt, hat bei seinen ersten Gehversuchen Schwierigkeiten, weil die Flammen in der Herzegowina sich nicht so einfach löschen lassen. In diesen Zeiten werden Stätten der Humanität und des Zusammenlebens, Theater also, geschlossen!

In Wien ist es (noch) nicht so weit, aber ich fürchte, daß auch hier, über kurz oder lang, ein gewisses Umdenken beginnen wird, denn dummerweise versucht sich hier alles, was an sogenannter Kulturpolitik gemacht wird, den meist schon gescheiterten deutschen Vorbildern anzubiedern. Direktionen, die am Beginn ihrer Tätigkeit aus mindestens vier Personen bestehen müssen, Generalintendanten dort, wo viele Jahre ein Direktor genügt hat, abgebrauchte, älter gewordene „Regiegenies" werden als junge Talente gepriesen, Gurus zaubern immer mehr alte Klischees hervor. Die Hauptsache ist, daß das „Deutsche Feuilletong", dessen Schreiber auch Auslaufmodelle sind, gnädiges Wohlwollen erkennen läßt.

Es wäre schön, wenn ich mich irrte, aber ich möchte diese meine 56. Theatersaison (sechs war ich im Krieg, also ist es real die 50.) nicht beginnen, ohne wieder einmal gewarnt zu haben. Das Jahr '96 rückt näher, und Österreich feiert ein 1000-Jahr-Jubiläum. Ich hoffe sehr, daß die Theater, die in diese Milleniumsfeiern eingebunden werden, sich daran erinnern, daß sie in erster Linie österreichische, dann erst deutschsprachige und europäische Institute sind. Dieser Wunsch hat nichts mit Nationalismus zu tun, eher mit Patriotismus und vernünftigem Selbsterhaltungstrieb. Könnte man Theater schon heute bei Löwa, Billa und Spar kaufen, wär's aus. „Theater heute" genügt, da ist „Billa heute" überflüssig.

In Japan läßt man zur Zeit den Glanz des Hauses Habsburg erstrahlen. Bitte! Es wäre höchste Eisenbahn, hier im Land, wenigstens zum Millenium, das Licht der Republik leuchten zu lassen. Wenn wir schon so engstirnig sind und den Begriff „immerwährend" - in der Neutralitätspolitik - mit 50 Jahren begrenzen, so sollten wir doch selbstbewußt genug sein, unseren ewigen Werten keine Fristen zu setzen. „A E I O U" darf nicht in „Aba Es Is Ondas Unmegli" umgelogen werden.

Ablöse

Endlich wieder eine erfreuliche Nachricht aus einem Wiener Theater. Helmut Lohner und kein „Fremdling" löst Otto Schenk ab - 1997! Otti will anscheinend nicht mehr und sagt mit Recht - höher geht's nimmer. Mit Lohners Bestellung bleibt wenigstens die Josefstadt österreichisch, die weitere Pflege heimischer Literatur und Schauspielkunst gesichert. Fein! So weit, so gut!

Dem Kenner der Kulturszene in der Bundeshauptstadt drängen sich allerdings einige Fragen auf. Warum schon '93 die '97er-Entscheidung hinausposaunen? Warum diese eigenartige Hast? Wieso auf einmal die Harmonie der Stadtvetterln, Vatterln und Mutterln? Oh Nachtigall, ick hör Dir trapsen, - sagt man in Bochum und Umgebung, zu der Wien ja seit einiger Zeit zu zählen ist.

'96 endet der Vertrag des „allgewaltigen" C. P., und man will ihn doch um Gottes Willen nicht verlieren. Er soll bleiben, vielleicht macht er dann (mit zehn Jahren Verspätung) den „Faust", vielleicht rechtfertigt er dann die überhöhten Kosten der neuen (notwendigen!) Probebühne?

Vielleicht! Wir geben dem zahnlosen Löwen Publikum (als Wirkliche Hofratswitwen abqualifiziert) einen Wunschkandidaten für das Haus im achten Bezirk, dafür können wir dann (und wenn die Alt-Kasperln, Tausende Unterschreiber und die ganze „Trachtler-Clique" zerspringen) unseren Mann fürs Grobe behalten. Abstoßend ist diese Methode, die (nebbich) versuchte Raffinesse, das Hintenherum. Für wie dumm hält man die Kulturbürger dieser Stadt? Das ist beleidigend. Man stört die Menschen nicht mitten im Aufatmen!

Und aufgeatmet haben wir, als wir erfuhren, daß Helmut Lohner und kein anderer das Steuer des Reinhardt-Theaters übernehmen wird. Diese Entscheidung war ein Zeichen der Normalisierung des Theaterlebens in Wien. Die Diskussion über Verlängerungen anderwärts haben uns den Atem stokken lassen. Wem wird die Luft wegbleiben, wenn das Volk wieder zu Atem kommt und die Stimme erhebt und nicht mehr wie gewünscht abgibt?

An einen Quereinsteiger

Lieber Franz Morak!

Du gehst nun in die Politik, aber ich bitte Dich, nicht zu sagen, ich will ab jetzt Politiker sein. Du weißt schon, wie ich das meine - da beschloß ich, Politiker zu werden -, das hat in meinen Ohren noch immer einen grausigen Klang.

Sag' einfach: Ich will Parlamentarier sein. Abgeordneter, Volksvertreter. Das klingt gut, das ist gut. Einer, der versteht, wovon er redet; einer, der die Meinung seiner Wähler wiedergibt; einer, der stellvertretend für seinen Wahlkreis den Volksvertretern erzählt, was seine Wähler wollen. Und - das ist wichtig - der weiß, daß er verpflichtet ist, die Wahrheit (seine Wahrheit) zu sagen und Unrecht anzuprangern.

Ich weiß, das alles wirst Du tun wollen, frage mich aber, ob sie es Dich tun lassen. Die Berufspolitiker, die karenzierten Beamten, die Gewerkschafter und Kämmerer, die Bünde und Interessenvertreter. Die einzigen Interessen, die ein Volksvertreter zu vertreten hat, sind die Interessen des Volkes. Laß' Dich nicht einwickeln von den Schmeichlern und Speichelleckern, laß' Dich nicht einschüchtern von wortgewaltigen Nobelgauklern die, reich und unabhängig, im Ausland sitzen und nur über die Grenzen kommen, wenn es etwas zu propagieren und zu verdienen gibt. Noch eine Inszenierung da, ein Schmusele dort - und Du hast geglaubt, mit so jemandem kann man Freundschaft schließen? Schmonzes im Seidenanzug sind das - Allüren alt gewordener Raunzer, verwöhnter Großlippen - zerlächelte Infantilität, Produkt schlafloser Nächte.

Du aber wirst anders sein, trotz aller Knüppel, die sie, auch die sogenannten eigenen Leut', Dir in den Weg schleudern werden. Du hast Vorbilder genug: Melina Mercouri, Peter Ustinov, Daniel Cohn-Bendit. Vergiß nicht, der Papst war Schauspieler, Fidel Castro war es - keine unbedingten Vorbilder, aber immerhin! Das Schlimmste, was sie Dir nachsagen könnten, wäre das, was sie über Ronald Reagan sagten: Er hätte beim Film bleiben sollen. Ich aber wünsch' mir, daß die, die Du angreifst, deren Machenschaften Du aufdeckst, seufzen sollen: Wär er doch nur am Burgtheater geblieben. Ich weiß, Du wärest gerne noch dort, aber - die Verhältnisse sind nicht so. Wußte schon der arme B. B.. Vielleicht ab 1999 - und dann möchte ich gerne in einer Loge sitzen, zufrieden durchatmen und Dir zuschauen beim Theaterspielen, was weniger mit Provokation zu tun hat, als die langweilig gewordenen Verschwender unserer Steuergelder je begreifen werden.

Dann wird es dort auch wieder (und nicht nur in N. Ö.) Jahr für Jahr einen großen Nestroyabend geben, plötzlich werden Männer auftauchen, die Uniformen, Cut und Frack tragen können und sich so zu benehmen verstehen, daß man es wieder wagen kann, Schnitzler, Lernet, Musil, Hofmannsthal und vielleicht ein neues, ganz anders geschriebenes Turrini-Stück aufzuführen. Vielleicht wird dann, und das hängt auch von Deiner parlamentarischen Arbeit ab, ein Klima herrschen, wie es „unser" Haus verdient, vielleicht wird aus dem „Leading Theatre of Germany" doch wieder ein österreichisches Nationaltheater mit Stücken von ungarischen, tschechischen, slowenischen und polnischen Autoren. Wenn das so ist, möchte ich, so ich noch lebe, wie gesagt in der Loge sitzen und vor Freude heulen. Unser Theater ohne blödsinnigen Wimpel am Dach, ohne Marktschreierei, ohne fremde Großmäuligkeit. Also, tu' was dazu!

Ich wünsch' Dir Hals und Beinbruch. Viele von uns - Linke, Mitte-Anhänger, ja sogar ein paar andere vertrauen Dir. Ich weiß, daß sie das mit Recht tun.

Großmaulsucht

Alles paletti! Die Festspielmacher, Intendanten, Intriganten, Regisseure und Petiteure, Schau-Steller und Spieler lachen und freuen sich. Ein Jahr lang haben sie geplant, gebastelt vor- und zubereitet, jetzt ist die Speise fertig, der Kaiserschmarrn kann angerichtet werden. Salzburger Nockerln, Mörbischer Zwiebelsuppe, Reichenauer Burgsalat, Bregenzer Musikschüblig, Berndorfer Höger-

Palatschinken - es schmeckt, es mundet, wenn's auch da und dort nur mundelt.

Mortier, Serafin, Wilke und Dvorak griffen ins Volle. Schön und auferbaulich, wie Nestroy zu sagen pflegte. Und in Berlin, dem Mekka des deutschsprachigen Theaters, ereignet sich Tragisches, Unfaßbares, Katastrophales. Ein (nein, drei) Theater, preußische Staatsbühnen, werden geschlossen. So verfügte ein (unparteiischer?) Kultursenat nach einer (durchzechten?) schlaflosen Nacht. Hui, da sprangen sie alle auf und flogen - wahrscheinlich auf Staatskosten - in die deutsche Zukunftshauptstadt, um zu protestieren, zu posieren, medienpräsent zu sein.

Der Umtriebige gab seinen Senf zu den Berliner Würsteln, auf einmal Österreich lobend, der greise Theateraltspatz Bernhard Minetti heulte seinen Zorn ins Mikrofon des Reichssenders (Ö 1 natürlich), rief gemeinsam mit der FDP hohe Gerichte an. Alle waren sie lauthals unterwegs und viele von ihnen haben vergessen, daß sie selbst mitgewerkt haben am Untergang dieser Häuser und deren magerer Auslastung von 55 Prozent.

Ich habe Mitterers „Sibirien" ein Jahr lang am Schloßparktheater gespielt und konnte mir schon im Vorjahr ausrechnen, daß da irgendeine Bombe tickt. Volkmar Clauß wurde von ebendiesem Zusperrsenator beauftragt, den Rettungsring zu spielen - wahrscheinlich zu spät. Alfred Kirchner, einst Peymanns Co-Direktor in Wien, wurde abgelöst und abgefunden (mit mageren dreieinhalb Millionen Schilling), dabei hatte er mit „Alpenglühen“ und Harald Juhnke erst vor kurzem einen beachtlichen Erfolg eingefahren.

Ich bin neugierig, wieviel Intendant Clauß für sein Ausscheiden einstreifen darf. Fabriken werden geschlossen, Industriestandorte wegen Unrentabilität aufgelassen. Nun stürzt sich der Sparefroh auch auf die dramatische Kunst, obwohl diese sowieso nie rentabel, aber lebensnotwendig war und ist.

Vielleicht läßt sich trotz der Proteste das Schiller-Theater noch retten, aber wenn, dann nur, wenn endlich das Versprechen abgegeben wird, auch am Theater das zu tun, was sonst schon überall vorexerziert wird: sparen.

Nur fünf Prozent der Bürger unseres Landes gehen regelmäßig ins Theater, aber alle müssen dafür brandeln. Man darf ihnen das Bezahlen der Kultur nicht zu sehr vermiesen. Weg mit den hohen Intendantengagen, den exorbitanten Kosten für Dekorationen und Ausstatter, den zum Himmel stinkenden Star-Gagen der sogenannten Zugpferde. Gehen die alle nicht herunter, könnte es leicht geschehen, daß auch hierzulande etwas heruntergehen wird und zwar der eiserne Vorhang mancher Bühnen, deren Verantwortliche vor lauter Großmanns- und Großmaulsucht nicht begreifen, daß das „Gürtel enger schnallen“ für alle gilt.

Offener Brief

Lieber Claus Peymann!

Man kann über Sie sagen, was man darf, aber eines kann man Ihnen nicht absprechen. Sie betreiben - wie würde der blaue Herr Haider das formulieren? - eine ordentliche Beschäftigungspolitik.

Ich rede nicht von der Beschäftigung vieler Ihnen anvertrauter Burgtheater-Mitglieder, nein, ich meine es durchaus politisch, daher verwende ich auch den Ausdruck Beschäftigungspolitik!

Sie beschäftigen nicht nur den Rechnungshof, sondern auch politische Gremien bis hinauf zum Österreichischen Nationalrat. Kulturpolitiker und solche, die sich dafür halten, deren Sekretäre sowie ministerielle Ober- und Unterläufln. (Sie werden diesen Ausdruck nicht kennen, aber nun haben Sie noch ein paar Jahre Zeit, sich einzuhören - versuchen Sie es wenigstens. Übersetzen kann man die meisten „Austriazismen“ nicht.) Sie beschäftigen das Feulletong Ihres Heimatlandes und ebenso österreichische Tageszeitungen, Wochenmagazine und Schmierblattln, die ja meistens auch schon verwazt undverspringert sind. K1, K2, K3 etc. befassen sich mit Ihnen - was wollen Sie mehr? Keiner ist in unserem Land in den letzten Jahrzehnten so intensiv behudelt, so intensiv abgelehnt worden wie Sie. Scharen von Interviewern, Photographen und TV-Menschen leben nahezu von Ihnen,

Ihr Bekanntheitsgrad erreicht den des amtierenden Innenministers spielend. Ein Wunderwuzzi sind Sie, eine echte Person der öffentlichen Meinung. Gegen Sie waren die Gielen, die Rott, die Klingenberge und Benninge - sogar die Haeussermänner blutige Dilettanten. Die wahren Großen wie Strehler, Zadek, Stein, verblassen propagandistisch neben Ihnen. Man muß Sie bewundern - also Medienprofi sind Sie, da fährt die Liliputbahn drüber!

Dazu halten Sie sich einige exzellente Tintenkulis, die ihr Mäntelchen so perfekt nach dem Wind hängen, daß es eine Freude ist. Die manipulieren, verdrehen, lecken Po und Speichel, um im rechten Moment sensationell indiskret zu sein und ihr Messerchen neben dem Rückgrat der Opfer zu plazieren. Vielleicht, weil sie neidig sind und es als Schmach empfinden, selber keines zu haben. „Psycherl" hat man die kleinen Chaoten - die passen zu Ihrem „produktiven Chaos" - schon in der Schule genannt.

Oh, mein Claus, Sie wissen schon, wie man so etwas macht, wie man „auf die Pauke haut". Sie haben auch recht, Sie sind keine Parkbank, die jeder anpinkeln kann - Sie sind mehr - viel mehr! Könnten Sie Ihre propagandistischen Fähigkeiten 1:1 auf Ihre künstlerischen umlegen, Sie wären (dann erst) wirklich der Größte. Sie sind ein Schwarzenegger der Erregung öffentlicher Aufmerksamkeit. Ich bewundere das wirklich! Kontaktarm sollen Sie sein? Sie? Daß ich nicht lach'. Ich denke, Sie genießen es, wenn der Wirbel wirbelt. Da gleichen wir uns sehr - natürlich betreiben Sie das alles l'art pour l'art, ich aus Lust an der - wie schreibt eine Ihrer Anbeterinnen - Tätigkeit eines Freizeit-Politikers. Und Staatsbürgers, der halt gern seinen Finger in eitrige Wunden legt, die seinem Land, von wem auch immer, geschlagen wurden.

Seien Sie froh, daß ich nur ein Freizeit-Politiker bin - das schont Sie und Ihr angetrenztes Nervenkostüm. Ein Schauspieler, der wirklich in die Politik geht, würde Ihnen die Hölle noch heißer machen. Also abwarten!

Vielleicht findet sich einer, der Ihnen die Freud' macht!

Grüß' Sie! Tschüüüs!

Der Retter aus Bochum

In einer Wochenzeitung bezichtigt mich eine Frau Sybille Fritsch, gegen Herrn Peymann in rassistisch-geifernder Form und Art vorgegangen zu sein. Zuerst einmal - hat denn jemand, irgend jemand geglaubt, daß ich den von der Angel lasse? Hat irgend jemand gemeint, mich kaufen zu können? Zu kaufen durch nette Briefe und Telegramme, durch Lobhudeleien und rare Streicheleinheiten? Das ist nicht gegangen, das ist nicht geglückt. (Da gibt es in Wien einen Journalisten, der das versucht hat, der es versteht, mit allen Tricks zu arbeiten, ohne ein Reporter des Satans zu werden. „Ich bin eh' gegen den Peymann, ich bin für den Voss ...“ Grauslich eigentlich, daß einer so arbeiten muß.) Der also hat das anscheinend auch geglaubt - aber nix is'! Der Peymann hat erklärt, ich hätte die Würde des Schauspielerberufes und des Burgtheaters verletzt. Es ist ein Hohn, daß gerade er, der Peymann, das äußert. Denkt er denn, daß wir alle vergessen haben, was er in den letzten sieben Jahren Negatives über diesen Beruf und über dieses Theater gesagt hat? Wie er sich aufgeführt hat, Unfrieden verbreitete und dieses Land beschimpfte! Glaubt er das wirklich? Denkt er, es ist vergessen, wie er Menschen behandelt, wie er manipuliert und unter Druck setzt? Und immer wieder, wie sehr er dieses Land beleidigt?

Nehmen Sie seine Interviews, mit denen er sich in Szene setzt, her - lesen Sie sie durch. Wie ist der Finanzminister seinerzeit, als der „Retter aus Bochum“ kam, apostrophiert worden? Wie äußert er sich über seine Berufskollegen, die Theaterdirektoren Holender, Werner, Schenk? Und der redet von „Würde“! Es ist, wäre es nicht so zum Speiben, lächerlich. Ich weiß genau, wer jetzt noch mehr Wut auf mich haben wird - aber ich muß es aussprechen. Wer sonst soll schreien, wenn nicht einer, der nichts mehr mit ihm zu schaffen hat, der nicht abhängig ist von dem „Herrn“. Mögen die kleinen Schreibteufel noch so viele Pro-Stimmen sammeln, mögen noch so viele Kontra-Interviews als Antwort - zurückschlagen nennt der Herr Direktor das - erscheinen. Die Wahrheit wird er nicht wegschwätzen können. So oft können die ihn gar nicht prolongieren - es wird nie klappen.

Darüber hinaus sollte mir der Mann doch dankbar sein, er sagt doch immer, daß er Konflikte braucht! Er giert nach ihnen, provoziert sie, damit man nicht hinter die Pappwände seiner Potemkinschen Dörfer schauen soll, sondern ihm aufs Maul. Er ist ein exzellenter Vernebelungsfachmann - aber den „Faust", mit dem er seine erste Verlängerung durchboxte, ist er uns heut' noch schuldig. Und wird ihn uns schuldig bleiben. Hat halt noch nicht die „Reife". Oder vielleicht schon nicht mehr die Kraft dazu?

Der Minister hat dem bedeutenden Burgtheater-Experten Salman Rushdie mehr geglaubt als mir und meinen Gesinnungsgenossen. Der Minister hat entschieden. Der Minister trägt die Verantwortung. Die Ensemblevertretung hat der Vertragsverlängerung Claus Peymanns bis 1999 zugestimmt - weiß sie, warum?

Damit ist die Causa C. P. für mich abgeschlossen. Ich wünsche dem Theater, dem ich 20 Jahre anzugehören die Ehre hatte, alles Gute! Und aus ganzem Herzen den Kollegen und der Technik toi, toi, toi!

P.S.: Ich erlaube mir, meine Leser darauf hinzuweisen, daß alles, was ich über das Burgtheater und seine Direktion geschrieben habe, vor dem

21. Juni 1994 zu Papier gebracht wurde. Also vor dem Tag meiner letzten Vorstellung im Burg- und Akademie-Theater, dem ich die Freude hatte, 20 Jahre anzugehören. Mit Ende Juni 1994 verlasse ich das Haus, an dem ich nicht mehr „gebraucht“ werde, weil ich mich dort nicht mehr wohlfühle. Die Auseinandersetzungen für ein österreichisches Burgtheater haben mir Spaß gemacht, verloren aber ab 1. Juli 1994 an Interesse für mich. Schlußstrich!

EIN NACHWORT

Lieber Fritz Muliar!

Im Laufe unserer gemeinsamen Arbeit an diesem Buch habe ich mir das „Professor" und „Kammerschauspieler" einfach abgewöhnt, es ist irgendwo zwischen den Gesprächen versickert. Geblieben ist der Fritz Muliar mit seiner vielfältigen Gedankenwelt, zu der ich schrittweise Zugang gefunden habe. Das war nicht immer einfach, aber es ist mir letztendlich gelungen.

Es macht Freude, dieses jüngste „Kind" von Ihnen in Händen zu halten - keine Memoiren, denn die schreibt heutzutage schon jeder -, sondern einen facettenreichen Bilderbogen der Muliarschen Ansichten, Einsichten und Durchsichten. Das berühmte Augenzwinkern zwischen den Zeilen, Heiteres, Ernstes und heiliger Zorn angesichts diverser Auswüchse der heutigen Zeit - all das macht den Reiz dieser Mischung aus.

Es macht ebenso Freude, zu wissen, daß jemand wie Sie - der sich doch wirklich auf diversen Lorbeerkränzen ausruhen könnte - auch noch die Zeit und Beharrlichkeit hat, schriftliche Betrachtungen anzustellen und so manchen Seitenhieb anzubringen. Die österreichische Wurschtigkeit ist nicht Ihre Sache ...

Dazu kommt noch der unglaubliche Anlaß für das Erscheinen dieses Buches: Sie werden 75! An

Vitalität übertreffen Sie jedenfalls so manchen wesentlichen jüngeren Kollegen in Ihrem schönen Beruf. Das möge so bleiben, damit Sie auch in Zukunft rückblickend sagen können: So schlimm war's gar nicht.

Alles Liebe zum Geburtstag!

Herzlichst,

Eva-Maria Seuhs

NAMENSREGISTER